叢書・ウニベルシタス　824

ライフ・イズ・ミラクル

現代の迷信への批判的考察

ウェンデル・ベリー
三国千秋 訳

法政大学出版局

ライオネル・バスニー（Lionel Basney, 1946-1999）の思い出に

「何も得ようとしなければ、何かを得ることはない。
すべてのものを得ようすれば、何も得られない。」

目次

不思議にもよく助かったもんだ。もうひと言口《こと》をきいてごらんなさい。
Thy life's a miracle. Speak yet again.

（『リア王』第四幕、第六場、五五。
斎藤　勇訳、岩波文庫）

第1章　無　知

現代の商業化した科学がものごとをあまりにも単純化してとらえていることに対して、一部の科学者たちは、それが危険なことだと不満を表している。それによって、私は、今後このような不満があらゆる方面に広がっていくことを期待するようになった。できれば、この科学者たちが単に理論面や技術面で科学の「誤りを正す」だけでなく、この生命あふれる世界の研究とそれを利用するさいにも、新たな方向性を見出すか、適切な方向に向かって進んで行ってほしいものである。

研究の面でそのような変化が生ずるためには、現在主流になっている、ものごとを機械的に説明する用語（terms）によっては不可能である。それがなされるとしたら、今は流行ではないが、われわれの文化的伝統に立ち返ることによってであるだろう。われわれが希望を見出すのは、これまで常にそうであったように、必要ならわれわれの文化的伝統に立ち返り、自らの進むべき方向を指し示す基準に戻ることによってであるだろう。

私自身の人生で言えば、このような原点の一つはシェークスピアの悲劇『リア王』である。過去四十年以上もの間、私は何度も『リア王』に立ち返ってきた。私だけでなく、誰でも注意深く読むならそうだと思うが、この劇が与える影響から分かるのは、われわれ自身を生まれ変わらせ、自己の誤りを正し、絶望を捨て、希望を抱かせるあらゆる試みにおいて出発点となるのは、常にただ経験だけだということである。歴史がそうであるように、われわれはこれまで経験してきたことからのみ始めることができる（また常にそこから始めねばならない）のである。

近年の、科学上の遺伝子操作は必然的に商業主義的になるのだが、この遺伝子操作について、これまでの結果やこれから将来のことを考える上で、私は再び『リア王』に立ち返ることになった。この劇の全体のテーマは「親切さ」ということについてである。この「親切さ」というテーマはごく普通の意味でもあり、また「親切な」（kind）という言葉の本来の意味、つまり〈自然らしさ〉とか、とりわけ人間とは何であるのか、その限界を知るということでもある。そして、この問題が最もはっきりと表れるのは、この劇のサブプロット（わき筋）、つまりグロスター伯が絶望から引き戻され、人間にふさわしい状態で死ぬというエピソードにおいてである。

王に対する忠誠心にとらわれるあまり、老いた伯爵は神による報復から目が見えない。彼は自ら一種の裁きだとみなすこの運命を受け容れて、こう述べている。「目が見えたときは、つまずいたもんだ」（『リア王』第四幕、第一場、一九）。リア王と同じく、彼の罪は、人生を知りうるもの、予見できるもの、自らの支配下に置くことができるものとみなす、誤った前提に立った傲慢《ごうまん》さなのである。彼は誤って、誠実な息子エドガーを告訴し追放してしまう。追放され、死刑の宣告を受けたエドガーは自ら狂人と称して、乞食の姿に身をやつしている。このような状態にありながらも、エドガーは、盲目になった父がドーバー海峡の断崖から身を投げて自殺しようとするさいに、案内役を頼まれる。だがエドガーがここで試みるのは父を絶望から救うことであり、彼はそれに成功する。というのもグロスター伯はついに、「悲喜こもごもいたる両極端にはさまれながら、……」死ぬ、と言われるからである（第五幕、第三場、一九九）。ということは、グロスター伯が人間性を取り戻して、人間であることにふさわしい状態で死ぬということだ。エドガーは父が人生に見切りをつけるのを望まない。人生に見切りをつけることは変化と贖《あがな》いの可能性を放棄してしまうからである。だからエドガーは、実際には父を断崖の縁《ふち》へと連れて行かずに、ただ連れて行ったと告げるだけである。グロスター伯は、この世を捨て家を捨てた息子のエドガーであろう人物に別れを告げ、神による幸運を祈る。すなわち、「おい、もうさよならだ」（第四幕、第六場、四一）というグロスター伯の言葉は、この劇の進む方向に従っている。

グロスター伯が正気に戻ったとき、エドガーは彼に話しかける。だが、今やエドガーは断崖の下にいて、そこからグロスター伯が落ちるのを見とどけた一人の通行人として話しかけるのである。ここでの彼の役目は明らかに父の心の案内人である。

グロスター伯は自分がなおも生き続けていることに狼狽して、助けを拒もうとする。「あっちに行け、死なせてくれ」（第四幕、第六場、四八）。

それからエドガーは自分が見知らぬ通行人であると述べた後、しばらくして、子としての（また父に代わっての）せりふを発する。その言葉が私を引きつけるのである。

不思議にもよく助かったもんだ。もうひと言《こと》口をきいてごらんなさい。

Thy life's a miracle. Speak yet again.

（第四幕、第六場、五五）

これはグロスター伯を傲慢から、それによる痛手と絶望から引き戻す〈せりふ〉である。この言葉によって、グロスター伯は悲しみと喜びという、人間の生活にふさわしい状態へと連れ戻されるのであり、それによって変化と贖いが可能となる。

この〈せりふ〉の持つ力は、たとえ生命工学の技術革新やその構想を思い描く者が読んだとしても、まちがいなく明らかだろう。この言葉から直ちに分かるのは、自殺は生命〔life には、「生活」、「人生」の意味もある〕に見切りをつける唯一の方法ではないということである。われわれは生き物〔creature は「被造物」も意味する〕やその類《たぐい》のものが慎重に、あるいは無造作に殺されうるということを知っているし、ほとんどの農夫はどんな生き物もそれが売られていくときには、ある意味ではその生命に見切りをつけるのだということを知っている。だが、同じように売られるとしても、食肉用に今年のラム（子羊）を売ることと、繁殖用に親羊の群れや農場を売ることの間には大きなちがいがある。というのも、前者は売られればそれでおしまいであるのに対して、後者はその後に起こるであろう無限の可能性を持っているからである。

*

生命について考えようとするとき難しいことは、生命を「理解した」つもりになって、生命に見切りをつける危険性があるということである。ということは、生命を単純化して、〈理解する〉ための用語（terms）に還元し、生命を予測できるもの、機械的なものとして扱うということである。一切のものは単純な要素に還元できるという科学上の還元主義から生ずる最も根本的な影響は、世界と世界の生き物、生き物のすべての部分が機械であるという観念をどんなものにも普遍的に当てはめるようとすることである。要するに、生き物と人間が作る人工的なもの、生命の誕生と人工的な生産、思考とコンピューターの間には何らちがいがないというわけだ。このような科学的還元主義の考えによれば、今やわれわれの言語は、それがどこで用いられようともほとんど例外なく、以下のような考え方が前提となっている。つまり、肉体としての身体は完全に機械と同じであり、医学、産業、商業のあり方は基本的には完全に機械的な仕組みと一致するし、精神としての心は完璧に電子工学におけるコンピューターと同じだというものである。

このことは、おそらく最初は比喩として始まったにちがいない。だが、言語としてその比喩が使われていくうちに（そしてその比喩が実際に産業の営みに影響を与えるうちに）、比喩から発したものがしだいに現実と同一視されるようになったのである。そして、このような言語の使用から、生命は予測できるとか、予測できるように作られているとみなす、人間の願望や欲望が社会制度として確立したのである。

私はかつて物理学者のヴェルナー・ハイゼンベルクの、次のような原理について読んだことがある。「生命体を物理化学的システムとみなすならば、生命体は常に必ずそのようなものとして振る舞う」というものである。私にはこのことが正しいのかどうかについて考えを述べるだけの能力はない。ただ気持ちとしては、生命体を機械とみなすならば、生命体は常に必ずそのように振る舞うものとして知覚されると言うことができる。しかもこの命題は逆にもなりうるわけで、生命体を機械として知覚するならば、生命体は常に必ず機械のようなものとして扱われると言うこともできる。ウィリアム・ブレイクは、かつてこのような還元主義と混乱の時代を見通すように、同じ点を指摘したのだった。

何かがそのように見えるとは、そのように見える人々にとって、そうなのだ、
そして、このことは、そのように見える人々にとって
最も恐ろしい結果を生み出すものなのだ……

(Blake, *Complete Writings*, Oxford, 1966, p.663)

しばらくの間、自由な人間や思慮深い人間には、生命を機械のように扱ったり、予測したり、機械のように理解したりすることは生命を機械に還元することだということが分かっていた。だが今やほとんど突然のように、生命についての理解を狭め、無理やりに自分たちの理解の仕方に合わせることで（それがいかなる「モデル」を使用するにせよ）、必然的に生命を奴隷のように扱うことになり、生命を所有物として売りものにするようになるということが明らかになった。

このことは生命に見切りをつけることであり、生命の変化と贖いの可能性を放棄し、ますます絶望へと近づくことである。

生命のクローン化は——その具体的な例からも極めて明らかなように——羊を品種改良するための方法ではない。反対に、羊という種《しゅ》を畜舎に閉じ込めたまま品種改良しないための方法なのである。本当の畜産家であればそんなことに同意するはずがない。というのも、本当の畜産家であれば、自分の農場や自分たちの市場を思い描いており、常により良い羊を生み出そうとしているからである。クローン化

は羊の細胞を盗みのようにこっそりと手に入れる新しいやり方であるだけでなく、羊という生命を予測できるものにしようとする痛ましい試みでしかない。だが、このことは現実に対する侮辱である。牧場主であればどんな人にも分かるだろうが、羊という生命を予測できるものにしたいと考えている科学者は、ただ単に策におぼれているとしか言いようがない。

　同じような生命についての狭い限られた見方と生命の価値の低下は、胎児のクローン化という身体的部分に関わる提案や、個人の延命治療という極端な場合にも見られる。しかしながら、いかなる個人の生命もそれ自体で孤立して終わることはない。人間が充分に生きるということは世代の連なりに関わることによって可能となるのであり、このことは死においても生の場合にも変わりはない。またある人々は（そして私もその一人だが）、われわれが充分に生きるということは、まさしく時代の要求や時代を超えて求められるものに自分自身がいかに応えるかによって決まると言うかもしれない。

　問題は、われわれがまちがった言語の使い方をしているということにあるように思われる。われわれ自身を含め、世界と世界の生き物について、われわれが使用する言語は確かに分析的な力を持つにいたった（その多くは専門家の高慢な態度によってもたらされたものである）。だが、その言語は、そこで分析されているものが何かを指し示したり、尊敬したり、世話をしたり、愛情を注いだり、われわれがそれに深く関わるために必要な多くの力を失ってしまったのである。結果として、自分たちの本当の関心は世界を「救う」ことだと呼びかける多くの人々がいるけれども、彼らの使用する言語は、「生態系」、「生物」、「環境」、「機械的メカニズム」といった、全く具体性に欠ける無味乾燥な言葉に還元されている。これでは、いくら世界を「救う」と力説したとしても、同じような言語で世界を救うなどということは不可能である。というのも、このような言語によって、これまで世界はばらばらに切り離され、美しい面を失ってきたからである。

およそいかなる基準をもってしても、この世界を生き物の世界から機械の世界に組み換えることは、少なくとも道徳的畏敬の念を捨て去るという意味では危険なことにちがいない。そうなれば、生命に対するわれわれの姿勢は、まちがいなく生命への畏敬から単なる生命の理解に移るようになる。さらにわれわれが知覚する自然に対する関係も、まちがいなく自然を保護することから自然の絶対的な所有者、管理者、技術者へと比重を移すことになるだろう。そのようにして、われわれはこの世界と世界の生き物についての「神聖さ」を否定し、単なる「全体性」で置き換えるようになるにちがいない。

この点で、私は自分自身の立場をはっきりと述べることができる。詩人であり学者でもあるキャスリン・レインは、神聖さと同じく生命とは、それを経験することによってのみ知られうるということをわれわれに思い起こさせたという点で正しかった（Kathleen Raine, *The Inner Journey of the Poet*, Braziller, 1982, pp.180–181）。何かを経験するということは、それを「数字で表す」ことではないし、ましてやそれを〈理解する〉ことでもない。そうではなくて、経験するとは、あるがままの形でそれを苦しみ、喜ぶことである。そうすることによって、われわれは生命を完全には理解していないし、また完全には理解することができないということを知るのである。さらに、誰かが何かを理解させたいからといって、われわれはそうした人々の考えを自分の考えに置き換えることを望まないということも知っている。われわれには生命が備わっているけれども、それはわれわれの理解を超えたものである。というのも、生命が与えられているとはどういうことなのか、なぜ生命が与えられているのかを知らないし、人生（生命）において何が起こるか、将来われわれの身に何が降りかかるかを知らないからである。生命は予測できるものではないのだ。ということは、われわれは生命を破壊できるけれども、自分で生命を作り出すことはできないということだ。生命を何かに還元することと、あえて生命を破壊することを除いては、生命を支配したりコントロールすることはできないのである。ブレイクが言うように、生命は神聖なものであり、生命を神聖でないと考えることは生命を奴隷のように扱うことであり、人間性を作り上げるのではなく、人間性は予測できるものだと考える、ごく一部の的《まと》はずれな熟練者（専門家）を作り上げることに通じている。

かくして、われわれには生命に対する新しい見方、つまり「生命に対する支配からの解放を表す新しい宣言」が必要であるように思われる。そのような新しい見方は、特定の民族とか特定の生物種のためでなく、生命それ自身のためであり――まさしくエドガーが、父のかつての思い込みとそこから生じた絶望的な気持ちに対して、熱心に説いたのと同じものである。

不思議にもよく助かったもんだ。もうひと言口をきいてごらんなさい。

（第四幕、第六場、五五）

グロスター伯が企てた自殺は、実際には、自己の生命を支配しコントロールする力を回復しようとする試みであった――そのような支配やコントロールとは、彼がかつては持っていたが、今や失ったと（誤って）思っていたものである。

あらたかな神々よ、
この世をわたくしは棄てて、おん目の前で、
身にまとう大きな悩みを心静かに振り落とします。

（第四幕、第六場、三四～三六）

ここに描かれているのはグロスター伯の絶望した状態であり、なおかつ自殺によって自己の生命を支配できるのだという考えである。逆説的だが、われわれは三百五十年後に再び、産業による破壊的行為という極端なケースにおいて、このような考えに出会うことになる。すなわち、それは、生命を破壊するという手段によって、われわれはこの世界を「救う」ことができるのだとする考えである。

後に、グロスター伯は息子の導きに従って祈りを捧げることになる。それは、以前の祈りとは正反対のものである――

常に憐《あわれ》み深き神々よ、この息の根をいつなりと取り去りたまえ。
ただ悪根が再びはびこって、お許しをも待たずに
死のうとする誘惑には勝たしめたまえ。

（第四幕、第六場、二一三～二一五）

この言葉によって、グロスター伯は自己の生命に対する見方を変える。すなわち、一度は自己の生命を

所有物だと思っていたことをあきらめ、生命を奇跡であり、神秘であるとみなすようになる。彼が人間に立ち返ったことの証《あかし》は、エドガーの次のような答えからも明らかである。「お父さん、結構なお祈りです」（第四幕、第六場、二一五）。

科学や産業において、生命に関するより多くの情報やより良い理論を集めたり、より一層の予測可能性を求めたり、より一層注意を払うことによって、もともと生命に備わる危険性を減らしたり回避したりすることはできないということは明らかである。生命に何らの奇跡も認めないということは生命に見切りをつけることに通じている。

＊

生命についての、このような解釈がいかに性急なものであるかということを、私は充分承知しているつもりである。というのも、私は科学について何らの能力も持ち合わせてはいないし、科学について学んだこともないからである。しかしながら、ここで取り上げようとしている問題は知識ではなく、無知ということである。無知という点では、私自身かなりの専門家であると公言してもかまわないだろう。

われわれ人間が抱えている問題の一つは、行動せずには生きていけないということだ。言い換えれば、われわれは行動しなければならないのであり、なおかつ知っていることに基づいて行動しなければならないのである。さらに言えば、知っていることは完全ではないということだ。そのかぎりで、われわれがこれまでに知っていることは明らかに不完全である。なぜなら、われわれはさらに多くのことを学び続けているからである。それゆえ、われわれの知識が著しく、より一層完全なものになるだろうと考える根拠はほとんどないように思われる。生命を取り巻く神秘というものはおそらく完全に何かに還元できるようなものではないだろう。かくして、無知でありつついかに行動すべきかという問題は永遠に続くことになる。

歴史が教えてくれるように、われわれの知識が不完全であり、なおかつ無知の状態でいかに行動すべきかをわれわれの文化が教えてくれるなら、そして文化がそのための有効な手段になりうるとするなら、われわれが不完全な知識に基づいて行動することは全く正しいとみなすことができる。そのかぎりでは、確かな知識に基づいて行動することもまた正しいと言える。というのも、われわれの研究と経験はかなりの程度確かだと思える知識をもたらしてきたからである。だが、確かな知識が完全な知識であると考えたり、不完全な知識を用いたために悪い結果を生じたとみなすのは傲慢であり、知識がますます増えていけばそうした悪い結果は乗り越えられると考えることは明らかに危険である。われわれが抱えるあらゆる問題を解決するために「進歩」とか、われわれが勝手に思い込む「天才たち」とかを信用することは、悪い科学以上に悪い結果をもたらすことになる。つまり、それは悪い宗教なのである。

人間に固有なもう一つの問題は、悪は現に存在するし、また永遠に生き続ける可能性があるということだ。われわれは悪意や憎しみから、良いことのためにという理由で常に手段が正当化されることを知っている。例えば農業を工業に変えたり、工業化した農業を可能にした技術的手段は、一方ではより効率的な、より生産性の高い、楽な農業を可能にしたが（とはいえ極めて限られた範囲でだが）、それはまた農業をますます有害なものに、ますます暴力的で、ますます脆《もろ》いものに変えてしまった――実際、工業化した農業は以前に比べてはるかに信頼できるものではなくなり、将来的にはますます予測できないものになってしまった。

このような一種の悪《あ》しき状態は、確かにわれわれが作ることができないもの――例えば生命――を破壊しようとしているし、そのための手段をかなり増やし続けてきた。だとしたら、それによってわれわれは何をしようというのであろうか。そのような悪しき状態やその影響によって、われわれはますます絶望に駆り立てられねばならないのだろうか。

現代科学の還元主義的な流れによって――例えば農業の中に戦争の技術や個人主義的経済がしのび込むのを許してきたように――今もわれわれは絶望へと駆り立てられているのであり、それには農民の間に自殺が起きているという確かな証拠がある。

文化的手段というものは、不完全な知識が傲慢で危険な振る舞いに陥《おちい》らないように、われわれを自制するための基盤となるものである。そのような文化的手段を欠くならば、たとえ専門的知識の分野といえども、それ自体危険なものとなるだろう。自然を研究することでさらに自然を破壊することになるとしたら、そのような研究のあり方の鍵となるのは何であろうか。生物の器官の「目的」を研究したり、その生物を生態系において研究するさいに数値化しようとしたり、最終的には数値化できるという前提に立って研究を推し進めるならば、そのような研究のあり方はなおも還元主義的だと言える。このような研究のあり方は、この世界をただ単に現在もしくは将来の「理解」の主題としてとらえているにすぎない。このような理解の仕方は産業主義や商業主義の楽観論に基盤を与えることになるだろうし、それがまたさらなるコミュニティの開発と破壊、生態系や地域の文化の破壊に基盤を与えることになるだろう。

もちろん、私は、科学や他の専門知識の分野を終わらせようと提案しているのではない。むしろ、そのための基準と目標を変えることを提案しているのである。われわれの行動の基準は科学技術の能力を出発点とするのではなく、それぞれの場所やコミュニティのあり方を出発点としなければならない。科学技術に関する価値の優先順位は生産第一主義よりも地域に適用できるかどうかということへ、技術革新よりも熟知することへ、力から優雅さへ、多くのお金を費やすことから節約へと方向転換しなければならない。科学技術の規模とデザインについては、人間と環境にとっての健全さを基準として、適切な規模とデザインについて考えることを学ばねばならない。そのように変えることができるなら、再びわれわれの仕事は絶望に対する答えになりうるかもしれない。

第2章　適切さ

私が関心を持っているのは、人間の思想や行動の「適切さ」(propriety)という問題に取り組む上で、科学や芸術や宗教といった専門分野がますます何もできなくなっていることに、どのように対処すればよいかということである。「適切さ」とは古い言葉(term)であり、すたれた言葉でもあり、あまり好まれない〔propriety には他にも「礼節」という意味がある〕。だが「適切さ」ということが大切なのは、われわれは決して孤立して存在しているわけではないという事実に関わるからである。「適切さ」について考えることは、われわれの行動を場所やまわりの状況にいかにふさわしいものにするかを問題にする。さらにはわれわれの望みにさえ、いかにふさわしいものにするかということを問題にする。「適切さ」について考えようとすることは、人間が常にまわりの状況や他のものから影響を受け、また実際にその影響があることを認めることである。われわれはまわりの状況と無関係に話したり、行動したり、生活したりはしない。人間が生きていく上で、他の生命に影響を及ぼすことは避けられない。ということは、われわれの生命もまた他のものから影響を受けることは避けられないということだ。言い換えれば、人間は自分自身が作ったわけではないし、自分で破壊することのできない基準によって判断しているということである。われわれが自然との関係で危機的な状況にあるということを知るのも、まさにこの「適切さ」という基準によるのであり、この基準しかありえない。いわゆる「環境の危機」という言い方は粗雑であり、不正確であるが、「環境の危機」という言葉の中にも、われわれはこれまで「適切さ」という基準を引き合いにしてきたし、この基準によって自分たちのあり方を判断してきたということが表れている。「適切さ」の源泉である自然をことごとく破壊しつつある文明にとって――文明がそれを望んだのか否かにかかわらず、まさしく問われているのは「適切さ」という問題である。

「適切さ」は個人主義に対立する。「適切さ」の問題を取り上げることは、いかなる個人の願望もこの世界について考える上で最終的な基準にはなりえないということを意味する。「適切さ」の問題は、具体的には以下のような一連の問いの形で言い表されるだろう。すなわち、「われわれはどこにいるのか」(人間の能力が、できるかぎり多様で具体的なものを認めようとするなら、この問いは何百万という世界のすべての小さな地域に当てはまる)。「われわれとは一体何であるのか」(この問いに対する適切な答えは、われわれはどこにいるのか、これまでどこにいたのかということに関わるものであり、これには歴史が含まれる)。「われわれがいるまわりの状況とはどのようなものか」(これは具体的な実践に関わる問いである)。「われわれの能力とは何か」(これも実践に関わる問いである。ここで能力とは、「才能」とか知能指数といった理論的能力や潜在的能力に関するものでなく、経験によって確かめられた能力に関するものである)。「われわれが自己の関心に基づいて、ここにふさわしいように行動するとしたら、何をして良いのか」(この問いは場所の健全さという基準に従う)。以上の問いは、あらゆる専門分野に向けて発せられるものだが、だからといって専門的な答えを求めているわけではない。おそらく専門家によっては答えられないだろうし――少なくとも、互いに狭い専門分野に閉じこもった専門家たちによっては答えられないだろう。

今や、このような問いにまじめに答えようとするのは決して愚かなことではない。これらの問いには正当な根拠があり、かつ緊急なものだからである。それにもかかわらず、答えようとするなら、あえて一種の喜劇を演ずることになりかねない。というのも、このような質問は、現在実践されているような自然科学や人文科学、社会科学のあり方には異質であり、さらには政府機関や教育機関、宗教団体のあり方にとっても異質だからである。というのも、これらの機関や組織が今では世界的企業に近いものになっており、そうした世界的企業は（われわれもまた）、上に掲げた「適切さ」に関する問いを無視しようとすることで成り立っているからである。

あらゆる専門分野はますます専門主義と同じものとみなされるようになってしまった。ということは、専門主義がますます産業主義の目標や基準に都合の良いものとみなされるようになったということである。あらゆる専門分野は、「地域にとってふさわしいのかどうか」という検証には失敗しているので、「適切さ」という検証にも失敗している。つまり、専門家たちは自分がどこにいるかを気にかけてはいないのである。彼らはまちがいなくまわりの状況に囲まれており、その中にいるのだが、まわりの状況には気づかずに、無関係に考え、無関係に仕事をしていると思っているし、そのように振る舞っている。彼らが従っている基準は頭脳を優先させることであり、（そこから論理的に導かれる）専門的キャリア（経歴）を優先させることである。「適切さ」について問うなら――それはまちがいなく地域にとって適切かどうかということであるのだから――小さな答えにならざるをえない。だが今や、小さな地域にふさわしい答えは商業主義や専門主義の関心の陰に隠れてしまっている。専門主義は必死になって大きな答えを求める――それは新聞の見出しであり、お金、昇進などである。さらには画一的で、どこにでも当てはまる普遍的な答え――すなわち同じスタイル、同じ説明、同じような決まり文句、同じ手段、方法、モデル、考え方、娯楽など、誰にとっても、どこにあっても同じものを求めるようになる。今や「成長」を求めて止まない企業が自らをコントロールできなくなっているように、政府組織、教育機関、宗教団体がみな、今では規模と数という基準で自分たちが成功したかどうかを判断するようになってしまった。これらすべての機関が企業組織の仕組みをまねたり、企業の価値観や目標を採り入れることを学ぶようになってしまっている。医者や法律家、さらには大学の教授ですら、いかにすばやく、また恥ずかしげもなく、あの手この手で商売に走るようになってしまったか、かつては慣習的に癒《いや》しや慈悲、慈善ということに従っていた病院がいとも簡単に専門主義の慣例や産業の方法に従い、経歴主義や利益追求に走るようになったかに気づくなら、それは驚くべきことである。

これはあらゆる専門分野で進行していることである。だが、科学はその中でも最も影響力のあるカテゴリーであり、ますます他の分野の模範となっているので、とりわけ科学に関心を向けねばならない。スティーヴン・エーデルグラス、ゲオルク・マイアー、ハンス・ゲーベルト、ジョン・デイヴィらは、『感覚と思考の結婚』という本の中で、「現代の社会において、科学はかつて中世の教会が持っていたのと同じ役目を果たしている」(Stephen Edelglass, Georg Maier, Hans Gebert, John Davy, *The Marriage of Sense and Thought*, p.16) と書いている。だとしたら、科学はどのような類《たぐい》の宗教なのであろうか、またどのような働きをしているのか。以上が、これから取り上げようとする問題である。

＊

「純粋科学」について、われわれは実に多くのことを聞かされてきた。もしそう考えることが許されるなら、大学には、真理の探求とはどのようなことなのかということに関心を持たない、実に多くの科学者がいると言える。というのも「純粋科学」は科学者に、なぜこれこれの真理が探求されるのかといった、素人くさい、実用的な意味での問いかけを許さなかったからである。つまり、真理を知ることは良いことであるだけでなく、ひとたび真理が発見されたなら、真理は必ず良いことのために使われるだろうという暗黙の前提があったからである。このような科学に対する見方は実に素朴な見方であり（これは人間のどんな活動についても言えることだが）、そのような見方は少なくとも宇宙開発の初期の時代まで生き続けたのだった。当時、いわゆる「ハイテク」技術を熱愛していた多くの人々は、ＮＡＳＡ〔アメリカ航空宇宙局〕が純粋な科学的発見の旅——すなわち、何なりと学べるものは学ぶこと、地球や他の惑星の写真を撮ること、極端に費用のかかる神秘的体験を宇宙飛行士に提供すること——を支援するために存在しているのだと考えていたのだった。実際、一部の人々にとっては、一種の精神的レベルの探求だと信じられており、常に、軍事産業という次元の低い関心よりも高い次元にあるものだと信じられていたのだった。そのような企ては、地球をクリスマスツリーの「青い飾り球」に見立てて、そのように見える距離から地球という惑星の半面の写真を撮るということにも表れている。このことは、地球という「惑星」に対する新たな「やさしさ」を育むことになると思われていた。だが、地球に対するビジョンを科学技術によって置き換えることができると主張するなら、「地球全体」をそのような距離から見たのはわれわれが初めてではないことを忘れている。ダンテは人間の完成というより高いレベルから地球全体を見ていたのであり（Dante, *Paradiso XXII*, 133-154）、経済的にも環境の面でもはるかに少ない費用で、NASAよりも数百年も前に地球全体を見ていたからである。

純粋科学の可能性は著しく減少した。確かに、科学者たちが冶金術を考案し、火薬を発明した初期の時代までは純粋科学の可能性はあった。それ以来、純粋科学の可能性は常に減少し続けてきたのである。今では応用科学の可能性の方が極めて多種多様になり、また企業の貪欲《どんよく》さがあまりに巧妙になったので、人々は科学が何かを発見する前に、その発見で特許をとりたいと望むようになった。これでは、あらゆる科学が「応用」科学とみなされる、と言ってもさしつかえないだろう。これまで科学は、時には人々のために利用されてきたと言えるかもしれない。だが、医学や植物の品種改良というような名目上は利他的と言われる分野でさえ、今日では経済や政治にあまりにも深く関わっているために、科学者の動機はせいぜい企業や政府の動機と混じり合っているか、最悪の場合にはそれに置き換えられてしまう。従来型の科学を実践するには費用が増大し、結果としてますます多額の助成金や資金投入に依存するようになるとしたら、これ以上に科学の純粋性を損なうものはないだろう。純粋科学は、今では貪欲で好色な巨大企業の手にかかって犯されないようにと次々とすばやい動きをするか、（必死で頼み込んで）引き続き面倒をみてもらう必要があると考えることができるだけである。

＊

すでに告白したように、私自身は決して科学者ではない。それでも、現代の世界に居合わせるいかなる人とも同じように、多くの科学の影響というもの（科学の費用対効果）を経験してきた。私は科学についで多くのうわさを耳にしてきたし、私自身も常にその影響と恩恵の下にあることを知っている。私は科学の発見の方法や真理についてコメントすることはできないが、にもかかわらず、科学の動機について――すなわち科学が何を考え、またいかにして科学が自分自身を正当化するかということについて関心がある。この点では、私は、今や科学が（もしくは「科学および科学技術が」）一種の宗教のようなものになっているという主張に同意する。つまり、多くの点で、科学がわれわれを支配しているということにも気づいている。科学が世俗の権力や宗教的権威を持つようになるとしたら、科学のどんな力によるものかを知りたいと思う。

「科学」が特殊な種類の知識、すなわち「事実としての知識」を意味するということには一般に同意できるだろう。そのような「事実としての知識」とは、基準によって正しいと証明できる知識、経験的な検証に耐えうる知識だということである。現代の〈思考経済〉の言い方で言えば、科学の知識は現金である。つまり、誰が所有しようとも、科学の価値（worth）は不変であり、科学の価値観（value）は信念や意見、思惑や欲求から生ずるようなものではない。このような価値観がひとたび確立されたなら、それについて議論されるはずがないというわけだ。

よく知られたことだが、科学は理論に関係している。「理論」（theory）とは、その源をたどれば「劇場」（theater）という言葉に関係している。つまり、理論は見ること、観察することに関係しているということだ。科学理論は観察を助けるためのものである。科学理論には、事実として知られるものに一致するという前提が含まれているのだ。科学理論は証明されたものではない。科学理論は証拠とか証明に導かれうるから有効なのである。

科学はまた予測ということを含んでいる。予測するとは、証明の方法との関係で用いられる場合には、高度に専門的な概念である。ある事柄が真理であると言えるのは、その事柄が真理として予測できる場合に限られる。ということは、あることが真理であるのは、今真理だからではなく、常に真理であるから真理だと言えるのである。しかしながら、気象学者や経済学者といった「科学者たち」の場合、彼らの推測が有効であるかどうかは、直接には彼らの予測能力に依存しており、彼らの予測もしばしば誤ることがある。しかしながら、ここで問題となるのは、科学者の手中にある予測ということの意味が科学からジャーナリズムへと重点を移し始めているということである。さらに、科学者が当初の結果に基づいて実験経過の成功を予測する場合にも、同じような重点の移動が生ずる。新聞を注意深く読むなら、確かにそのレポート記事の中にしばしば科学者が何かを発見「するかもしれない」とか、新しいデータが何かを「立証するかもしれない」という表現があることに気づくであろう。ジャーナリストやおそらく一部の科学者たちもまた、「科学者の予想」とか「科学者の予測」という言葉で始まる新聞記事を好むものである。

ここには原因として、信念というものの乱用があるように思われる。信念は科学にとってもう一つの不可欠な特性である。科学上の信念にも正当とみなされる信念はある。もしも科学者が自分の方法ではうまくいくとか適切だということについて何らの信念も持ち合わせないとしたら、科学上の仕事がなされうるかどうかは難しい。これは極めて高度な信念というものではなく、明らかに、われわれ科学者でない者が日々の仕事の中で未知のものに直面するさいに生ずる信念と同じ性質のものであり、証明されてはいないが信頼しているのと同じ性質のものである。だが、職業的専門家とか有名な専門家がさまざまな説得を重ねるうちに、おそらく、科学の方法におけるこのような正当な信念が、科学の力はあらゆるものを知りうるし、あらゆる問題を解決しうるのだという一種の宗教的信念に形を変えてしまうのである。そうなれば、科学者はこの世界を救うための伝道者であり、世界を救うために仕事をしているのだということになってしまう。

このように科学が宗教や福音になるということは、科学の原則に対する挑戦である。だが、今ではそれが常識となり、科学者でない人々に広く受け容れられ、黙認されている。われわれは実際さまざまな科学者に特権を与えているが、だからといって、このことは、科学者がかつて宗教の預言者や聖職者が占めていた地位を占めたいと思いながらも、残念ながらそうなっていないということにすぎない。このことは、まさしく科学に対して批判的であるという責任、とりわけ科学に関して自己批判的であるという責任を放棄したことから起こりえたことである。

なぜ、さまざまな科学の専門分野には、深い疑問を持つとか、強く反対するといった批判がないのだろうか。おそらく一つの理由は、そのような自己批判、とりわけ一般の人々からの批判が「専門的でない」とみなされるからだろう。別の理由として、現代の科学は常にあまりにも「応用」に近いところで仕事をしているので、端的に言って、あまりに儲かるかあまりに儲かる可能性があるので、自己批判が起こらないのである。職業的専門家たちはますますビジネスの基準と思考パターンを採用するようになっている。科学がお金になるというなら、どうしてそれがまちがっているはずがあろうか、というわけだ。普通の市民にとって、おそらく科学に対する最もよく知られた批判は、応用科学が地域に災害をもたらすことに対する市民の抗議という形に表れている。現代の化学の影響からもたらされた無視できない結果は、例えばいたるところに見られる環境汚染であるが、この例に典型的に見られるように、その結果は普通の市民に関わるものであって、化学者に関わるものではない。

一九五九年、C・P・スノーは科学について、科学には「自動的に自らの誤りを正す」能力がある、と語ったことがある（C. P. Snow, *The Two Cultures*, Cambridge, 1998, p.8）。当時は、おそらく「純粋」科学が応用の分野から安心して撤退できると考えられていたし、科学が実験と検証というプロセスにおいて多かれ少なかれ自動的に自らの誤りを正すことができるのは当然だと考えられたのだろう。今日では、応用科学がそのような自動的な軌道修正に従わないということを、われわれは知っている。実験はあまりにも大規模なものに拡大したし、今なお科学は世界的規模で多くの実験を行っていると言えるからである。そのような実験の結果として、チェルノブイリの原発事故、オゾン層破壊、加速する種の絶滅、いたるところに見られる環境汚染を挙げることができる。

政府や官僚機構の中で科学に対する批判があるとしても、大部分は聞き取れないほど小さなものである。大学では一般に、科学者たちは昇進から昇進へ、助成金から助成金へと進むだけであり、良心とか専門家の自信喪失から自己批判が生まれ、記録に残るといったことはほとんどない。人文科学や社会科学の教授たちの場合には、その大半が科学の成果を目にして自分たちが恥ずかしい気持ちになっているように見える。彼らは科学の確実性に従い、科学の価値観を採用し、科学の富を賞賛し、科学の方法や難しい専門用語をまねることにさえあこがれているのだ。ジャーナリストたちの場合は、何であれ科学に対する驚きを前にして、啞然《あぜん》とすることが知的な意味でスマートだと考えている。マスコミは月並みな表現をこねくり回しているが、それとても科学が世界を救うことになるだろうと期待しており、解決すべき多くの災難の原因がまずもって科学そのものにあるということには全く気づいてはいない——つまり、ここしばらくの間はさらに災難が広がることになるとはいえ、今は科学がもたらす驚異に拍手喝《かっ》采《さい》を送るべきであり、そのような驚異があるからこそ、科学はやがて世界を救うことになるだろうというわけだ。私が耳にするかぎり、このような科学の営みにどれほどの実質的な進歩があるのかを誰もまともに算出しようとはしないのだ。これではまるで国民全体が、科学のプラス面からマイナス面を差し引く能力を、遺伝子的にも奪われていると言わんばかりである。

私は、一部の科学者たちが科学に対して、あるいは科学の方法によって科学を乱用することに対して健全な批判を述べたり、書いたりしているのを知っている。だが、これらの人々は反体制とか異端者の地位にあるように見える。彼らは必要な対話のパートナーとして受け容れられてはいないのだ。具体的には、彼らの批判や反論は無視され、答えられることすらない。（お金を儲けようとして、なおかつ力があるなら、なぜ論争する必要があるのかというわけだ。）要するに、科学の方法によって科学を批判しても効果はないのである。これまで科学に対する有効な批判がなかったということは、例えば小規模であるとか、低コスト、低エネルギー、環境にやさしい技術の可能性に科学が加わろうとして失敗していることからも明らかである。われわれの問題に科学を応用するなら、たいていは大企業に多額のお金を支払うことになり、生態系やコミュニティに損害を与える結果になる。もしもこれらの弊害が取り除かれうるとしたら——それができるとしたら、科学の発明家とか科学を推し進める人々の手によってではないだろう——科学がこれまで獲得してきたものの中から、その弊害を取り除くことによってでなければならないだろう。

第3章　エドワード・O・ウィルソンの『融合』

見たところ、「先進世界」のいたるところで、人間のコミュニティ（共同体）や、それを支える自然と文化という基盤が破壊され続けている。これは、自然災害や「神の御業《みわざ》」、外敵の侵入などによるのではなく、「経済」として知られる一種の合法的な破壊行為によるものである。今やよく知られるように、経済は科学の権威と科学の応用的知識に依存している。それゆえ、この科学の特徴がどのようなものかについて語ることは有益であるだろう。科学は多くの点でわれわれに利益をもたらしてきたが、また科学によってわれわれは極めて大きな犠牲を強いられてきた。われわれは科学に服従しており、科学がはたして良いものかどうか疑問を持ちながらも、科学という名で多くのものを許しているからである。

私にはとうてい科学全体を見通すことなどできないのだから、ここではエドワード・O・ウィルソン(訳注)の『融合』（Edward O. Wilson, *Consilience*）という一冊の本にしぼって、科学を考察しようと思う。一冊の本で科学を代表させることにはいくつか反論があることを承知しているが、あえて私はそうしようと思う。その理由は、経済的利点だけでなく、ウィルソン氏の考えは彼の同僚や科学者でない人々にも広く受け容れられており、さらにこの本には、毎日のように新聞で科学記事を読む、ごく普通の読者を驚かせるようなアイデアは何もないと思うからである。ウィルソン氏は見かけ上は科学に対する常識を打ち破ろうとしているように見えるが、実際には、科学はまちがいなく正しいというごくありふれた考えを擁護するために語っているのだ。あたかも科学は完全に良いものであるとか、科学は無限に進歩するとか、科学にはすべての答えがある（もしくは、あるだろう）という、ごくありふれた考えをさらに一層強固なものにするために書かれているのである。

私がウィルソン氏の『融合』という本に関心を持つもう一つの理由は、彼が、私と同じく自然保護論者であるということによる。他にもいくつか共通点があるかもしれない。だが、われわれはいくつかの点で異なっており、このちがいが（やがて明らかになるだろうが）より重大で、より広範なものになっていくように思われる。われわれの根本的なちがいは、徹頭徹尾、彼が大学内の人間であり、それに対して私は常に学校の外にいることで大いに満足してきたということにあるかもしれない。ウィルソン氏は、見たところ、現代の大学における専門化した学部や専門的基準、産業からの財政的支援を受けた研究や出版に基づく昇進、長期在職権といったことに積極的に関わり、満足しているようだが、私の方はそのような仕組みに関わることなど信用していないし、それどころか、そのような大学のあり方は学ぶことにも、この世界にとっても有害であると考えている。

むろん私には、ウィルソン氏の科学の知識を問題にするだけの権威はまったくない。人間の知識がすぐれたものであるように、彼の科学の知識はすぐれたものであり、賞賛に値するものだろう。むしろ私が関心を持つのは、彼が知っていること、そして知らないこと（こちらの方がより重要なことだが）に対する彼の姿勢である。まさしくこの姿勢にこそ、彼が極めて月並みな人間であり、産業主義の価値観と産業主義の心理を受け容れ、自らをそれに順応させていることが読み取れるからである。

知識と無知という問題について、ウィルソン氏がいかなる立場に立っているかを示すために、以下では一つのカタログを作ってみようと思う。それは、彼の本に見られる根本的な偏見や前提となっているものだが、ここで重要なのは、彼がいかなるときに科学者にふさわしいか、いかなるときに科学者にふさわしくないかを見きわめることである。ウィルソン氏の『融合』という本は、実際には科学に対する信仰告白であり、そうした見方がはっきりとこの本には表れているのだ。

〔訳注〕 エドワード・O・ウィルソン(Edward Osborne Wilson, 1929-)。アメリカの昆虫学者、生態学者。アラバマ州生まれ。ハーバード大学で蟻の研究で博士号を取得、ハーバード大学比較動物学博物館教授となる。一貫して蟻類の行動、生態、地理的分布を研究してきたが、一般理論にも関心が深く、一九七五年、大著『社会生物学』(*Sociobiology: The New Systhesis*)を著し、現代遺伝進化学の基礎の上に人間をも含む動物社会の進化理論を打ち立てることを試みた。この著作は欧米では生物学者ばかりでなく、社会学者、人類学者にも強い影響を与え、ウィルソンの考えで人間社会を解明しようとする潮流も生じた。しかしこれには、〈人間社会に見られる差別などを合理化するもの〉との批判もある。他に、『人間の本性について』(*On Human Nature*, 1978)など多くの著書がある(平凡社『世界大百科事典』参照)。

1 唯物論

ウィルソン氏の立場を表すカタログとして、まず初めに言えることは、彼が唯物論者(materialist)〔物質をこの世界の究極的原理とみなす立場〕だということである。彼の考えでは、この世界は「法則に満ちた物質世界」であり(*Consilience*, p.8 以下、引用は『融合』による)、物質世界のすべての法則は経験的に説明できるし、また経験的に理解できるものであり、これらすべての法則は科学的証明に従うものである。彼の見方によれば、「星の誕生から社会制度のはたらきにいたるまで、目に見えるすべての現象は物質過程に基づいており、この物質過程は、究極的には……物理学の法則に還元できるものである」(p.266)。

科学は物質を主題としており、経験的証拠や目に見える具体的なもの、計測可能なもの、計算可能なものに関わる。したがって手続きという面から言えば、ウィルソン氏の唯物論に何ら異論はありえない。彼は科学者であり、科学者である彼に求められるのは物質的に検証可能な真理である。だが、唯物論を信念の体系として見るなら、彼はいくつかの難題に巻き込まれることになる。彼は明らかに自然保護を心配しているようだが、彼の唯物論の主張に照らして見るときに、この難題が一層はっきりと見えてくる。

その一つとして、小さな問題ではあるが、世界を客観的にとらえようとする唯物論の傾向が挙げられるだろう。唯物論に従うなら、世界は、世界を研究する「客観的な観察者」から切り離されてしまう。かくして、世界は「環境」ということになる。自然保護を語るさいに、ウィルソン氏は何度も繰り返しこの「環境」という言葉を用いているが、この言葉の意味は「まわりを取り巻くもの」ということである。つまり「環境」は、われわれがその中にいる場所を意味しているのであって、われわれがその一部をなしている場所のことではない。このような科学の客観的手続きと、その言語使用の仕方から生ずる問題として考えてみなければならないのは、いわゆる「環境」というものを自ら食べたり、飲んだり、呼吸していることを忘れてしまっているような観察者が、はたして自然保護という問題を知的な意味で正しく客観的に定義できるだろうかということである。

さらに一層深刻な問題は、ウィルソン氏のように唯物論の原理を徹底すれば、必然的に決定論に陥ってしまうことである。彼の見方によれば、われわれ自身もわれわれの仕事も行動も遺伝子によって決定されており、さらにその遺伝子は生物学の法則によって、生物学の法則は究極的には物理学の法則によって決定されていることになる。彼はこのことが直接には自由意志の観念に矛盾するとみなしている。ということは、彼は科学者としては自由意志の観念すら放棄しようとしているように見えるが、自然保護論者としては自由意志を放棄することはできないということだ。このディレンマについての彼の態度は奇妙なものであり、一貫していない。

自由意志の問題を取り上げるにあたり、ウィルソン氏はまず最初に、われわれには「自由意志の幻想」(p.119) があり、なおかつ必要だと述べている。さらに自由意志の幻想は、「生物学に応用できる」ものだと言う (p.120)。私はこの部分を何度か読んでみたが、最初は私が誤解しているのだろうと思っていた。だが残念ながら、正しく理解していたと言わざるをえない。彼が述べているのは、進化という観点から見れば、幻想であっても利点があるということなのである。われわれの祖先は幻想を信ずるほど愚かだったがゆえに生き延びることができたなどと考えることはもちろん楽観的ではあるが、そのようなことはほとんどありそうにない。だとしたら、幻想が正当であり、役立ちうると考えるような唯物論について、どのように考えたら良いのだろうか。にもかかわらず、ウィルソン氏は「自由意志の幻想」という立場に固執している。すなわち別の箇所で、彼は、われわれ人間という種族が「適応能力」として身につけた「自己欺瞞」という幻想について語っているのである (p.97)。

後に、ウィルソン氏は自然保護の必要性を論ずるにあたり、われわれは「賢明な選択をする」ことができるという啓蒙主義の考え方を肯定している（p.297）。では、自由意志の幻想に基づいて、どのように賢明な選択がなされるのだろうか。このことを理解することは不可能である。ウィルソン氏もそれが分かっているようであり、その点には触れないことが賢明な選択だと考えたようである。

2 唯物論と神秘

その上さらにウィルソン氏は、彼の唯物論のために小さな高台を作り上げ、そこから反対意見を見下すように（彼はそのつもりなのだが）語っている。だが、そのやり方は、その場しのぎで一貫していない。彼は自ら戦闘的唯物論者だと述べており、その教義からしていかなる種類の神秘も認めないという――つまり神秘から生ずるいかなる種類の曖昧《あいまい》さも不確かさも断じて許さないという――姿勢をとっている。彼によれば、神秘などというものは全く人間の無知によるものなのだから、神秘は人間の科学の未来のためにあると言うのがふさわしい。かくして、彼の言い方では、〈無知のもの＝知られるはずのもの〉だということになる。私は後に、このことについてもっと多くのことを語らねばならないだろう。だが、とりあえず今は、ウィルソン氏は神秘そのものに（あるいは無知にさえ）まともに取り組むだけの能力はないし、人間が神秘そのものにまともに取り組んだときには、常にそこからなにがしかのことを学んできたという教訓から、ウィルソン氏は何一つ学んでいないということを注意するにとどめておく。要するに、彼の本は一種の学問的傲慢さの表れなのである。

現代科学が一つの宗教であるとするなら、その主役の神々の一人はシャーロック・ホームズであるにちがいない。すぐれた探偵と同じく、現代の科学者にとっていかなる神秘も問題と見えるのであり、いかなる問題も解決できるものである。神秘などというものはまさしく人間の無知によるものであり、無知は常に改善できるものである。したがって、神秘に対するふさわしい態度とは神秘に対して敬意を払うとか尊敬することではなく、ましてや神秘に畏敬《いけい》の念を抱くことでもなく、「その答え」を探し求めることである。

しかしながら、そのような神秘についての探求の仕方は、神秘が経験的に解明されるか合理的に解明されうるとみなすかぎりでのみ、科学にとってふさわしいものである。科学者が神秘は解明できないからといって、神秘を否定したり、見くびったりするならば、科学者である彼もしくは彼女はもはや科学の範囲を越えることになる。

したがって、ウィルソン氏がミルトンの『失楽園』について語るさいに、「ミルトンは自分自身の考えが神によって導かれると信じていた」(p.213) ことなど断じてないし、『失楽園』は神に負うところなど全くないと言うとき、ウィルソン氏は経験的証拠が及ぶ範囲をはるかに越えて語っていることになる。ミルトン自身が「天の女神ミューズ」の助けを借りて『失楽園』を生み出したと信じていたほど、信仰深く謙虚であったからこそ『失楽園』という詩が生まれたとは、ウィルソン氏には考えられないのである。ここで唯一経験的に手に入れられる真理とは、ミルトンが女神ミューズを信じて『失楽園』を書いたということであり、ウィルソン氏がいかなる神も信じないで『融合』という全く別のタイプの本を書いたということである。

何であれ目に見えないものは存在しないと信ずることで、ウィルソン氏は多くの唯物論者、無神論者、合理主義者、実在論者などと同じく、信ずるならばその証拠を見せよと要求し、それによって宗教的信仰にとどめの一撃を加えたと思っている。だが、宗教的信仰は一切の「証拠」がないと知ることから始まるのだ。ここには信ずることと信じないことをつなぐような論証とか、証拠の痕跡とか、実験の方法などない。

ウィルソン氏は現実というものの定義を極めて狭い範囲に限定し、それに固執することで宗教を打ちのめしたのではなく、もっぱら宗教を誤解しているにすぎない。彼は自分が誤解しているのかもしれないと疑ってみることができないので、宗教的信仰が他の方法では知りえない事柄を知るための方法でありうるということを認めない。宗教を誤解することによって、彼はしばしば〈超越的〉とか、〈創造する〉とか、〈原型〉、〈畏敬〉、〈神聖な〉といった言葉を自分勝手に解釈し流用している。

例えば、『融合』の中にある「倫理と宗教」という章では、「超越論者」を〈わら人形〉に、「経験論者」を〈うぬぼれ屋〉に見立てて、両者の「論争を組み立てて」いる。経験論者の見方によれば、超越論者の言うことはあまりに単純すぎる（これは最初から超越論者が敗北するように、ウィルソン氏によって仕組まれたものである）。理由は、「客観的証拠」や「統計上の証拠」がないからだという。その後で経験論者が自説を述べるのだが、その議論の進め方は、先にウィルソン氏が「自由意志の幻想」を肯定したのと同じく、合理的なものからの逸脱である。すなわち、経験論者が自認するように、経験主義とは「冷血なものである。それだから、われわれには……ものごとを肯定する詩のようなものが必要なのである。……万一われわれが大切にしてきた神聖なものの伝統を捨て去るようになるとしたら、われわれは悲嘆に暮れるだろう。アメリカ人の宣誓の儀式から〈神の下で〉という言葉を取り去るようなことになるなら、歴史に対するひどい誤解になるだろう。無神論者であるか本当に神を信ずるかにかかわらず、宣誓のさいには聖書の上に手を置かねばならない。……キリスト教の牧師であれ、政府の高官であれ、ユダヤ教の律法者のラビであれ、公的な儀式のさいには祈りをもって祝福するよう、彼らに求めようではないか……」これらすべてが、ウィルソン氏によって「詩のようなもの」と呼ばれるものなのである（p.247）。

経験論者はさらに続けて言う。「だが畏敬の念を分かち合うことで、かけがえのない自己を放棄することにならないように……」と（p.248）。このような言葉のまちがった使い方を、われわれの言語は許すことはできない。ウィルソン氏が「畏敬の念を分かち合う」ということで何を意味しているのかをここで述べることはできない。だが、畏敬の念を感ずるとか、何かに畏敬の念を抱くというのは、まさしく「かけがえのない自己」を放棄することであり、それ以外にはありえない。

かくして超越論者に対する最後のとどめの一撃として、経験論者はこう言う。「人間は神なしでやってきたし、神にはほとんど何も負うところがないということが分かったのだから、われわれは人間という種族であることに誇りを持つことができる」と（p.248）。このような言葉は、聖書にあるヨブの妻の言葉と同じく神に対する知性の冒瀆《ぼうとく》である。たとえ経験論者やウィルソン氏が神々を信じていると言うにしても、まともな意味では信じていないのだ。これは「科学による」偶像破壊という、あまりにもよく知られた決まり文句にすぎず、実にうんざりするような傲慢なのである。

だが、このような唯物論からはまた、『融合』によっては気づかれない難問が生ずる。すなわち経験論者の言うように、最終的には「目に見えるすべての現象」を物理学の法則に還元できたとしても、それではただ単に円を一周したにすぎないということである。われわれは再び最初の問い、この物理的世界はどこから来たのかという問い――その答えとして聖書の創世記が書かれたのだが――にたどり着くことになる。無論、物理学はこの問いに何ら答えることはできない。

これまで述べてきたことの中で最も重要な点は、この章の冒頭にも述べたように、ウィルソン氏の唯物論は言葉としては聞こえは良いが、客観的証拠や統計上の証拠をはるかに越えて、内容的にはほとんどたわごとにも近いものになっているということである。以下では、もっと多くの具体例を挙げることにしよう。

3 帝国主義

ウィルソン氏の科学上の「信念」(faith)(彼は時々そう呼んでいるのだが)は、すべてのものが最終的には経験によって説明できるということに基づいている。言い換えれば、彼の主唱する〈融合〉が目指しているのは、「さまざまな事実と事実に基づく理論をつなぎ合わせることによって、……説明という共通の基盤を作り上げるために」、あらゆる専門分野を「融合する」ことである(p.8)。彼は時々自分がまちがっているかもしれないと認めるような素振りを見せているが、これは単なるジェスチャーにすぎず、自分が正しいことを得意になって述べる文章からは、そのような疑念など全く感じられない。彼の謙虚さは単なる儀礼的なものでしかなく、他のものを寄せつけない彼の信念や、ましてその姿勢には謙虚さは見られない。謙虚さは彼の考えには無縁であり、彼の考えが謙虚さから影響を受けることはない。その上さらに『融合』という本には数箇所にわたって、彼の願っている融合が極めて困難であるだろうとか、不可能かもしれないと率直に述べている部分があるが、これらの文章によっても、彼の固い信念が揺らいだり、弱められたりすることはない。無知や神秘や人間としての限界を単なる幻想とか不適切なものとして退けることで、彼はすべての知識のみならず、すべての未来の知識、つまり知られていないものは何でも科学の財産だと要求しているからである。それほど自己の知る力を信じきっているので、この本では、例えば心、意識、意味、感情、創造性、狂気、芸術、科学、自己――（これらすべては「心」という章の中で論じられている）――といった言葉がそれぞれわずか一文で定義され、しかも多用されている。だが、これらの定義自体がたいていは分かりにくい専門用語で書かれているために、読む者にはほとんど役立たない。例えば、「われわれが意味と呼ぶものは、イメージを拡大し、感情をかきたてる興奮の増大によって生み出される、神経ネットワーク間の結合の状態である」(p.115)と言われる。だが、このような定義がねらいとしていることの意味は十分に明らかである。つまり、〈融合〉という観念の名の下に、科学がこれらすべての主題を独占することである。

　このような〈融合〉という観念には、あらゆる分野に科学の領土を拡大しようとする帝国主義的な意図がはっきりと表れている。そこにはまた、暗に、科学によってあらゆる分野を支配しようとする専制支配的な意味が込められている。ウィルソン氏は、自分自身の領土拡大の野心について実に率直に語っている。彼はあらゆる専門分野がつなぎ合わされ、統一されるのを願っているが――これは、厳密な意味で、科学に基づくものでなければならない。つまり、科学者でない者はその交渉のテーブルには招かれないか、少なくとも科学者でない者が自己自身の用語を用いて語るときには参加できない。ウィルソン氏の言葉を引用しよう。「［科学と芸術］の間の交流の鍵となるのは、……科学の知識と科学が将来その分野を独占することになるだろうという感覚によって、科学的解明を再活性化することである」（p.211）。そして、現代科学が暗に持っている政治的意味や経済的意味、さらには科学についてのウィルソン氏の主張を疑わしいと思うなら、以下のようなウィルソン氏自身の言葉について考えてみるがよい。「過去何世紀にもわたって学者たちを支援してきた英国王立地理学委員会の委員たちと同様に、脳学者たちを支援している政府や私的なパトロンたちは寛大である。そのような政府や私的なパトロンたちは、海岸線をひと目見ただけで歴史が作られうるのを知っているし、同時にどの内陸が処女地であり、未来の帝国となるかを知っている」（p.100）。

ウィルソン氏の本には、現実の政治のあり方に気づいているような部分はほとんど見られない。おそらく、それには十分な理由がある。つまり、科学が宗教を否定することで（もしくは科学が宗教のように見えるものを独占することで）、将来的には、科学が何でも説明できるようになるだろうし、科学が政治的な専制支配を手に入れることができるだろうと考えられているためである。また、科学による説明がこの世界を何らかの恐ろしい脅威から救うことになるという信念にも、同じような専制支配の傾向が見られる。要するに、ウィルソン氏が科学でないものは何でも科学になるべきであり、またなるだろうと固く信じていることから分かるのは、彼自身極めて排他的な精神の持ち主であり、また教養のない人々にそのことを早く教えねばならないと思っている、極めて性急な考えの持ち主だということである。

彼の立場は論理的に明快であるだけに、またわれわれを極めて不安にさせる。例えば、いかなる社会理論も（ウィルソン氏の用語を使って言えば）あらゆるものに〈普遍的〉に当てはまるし、あらゆるものを〈融合〉し、あらゆるものを〈予測〉するのだとしたら、それがほとんど全体主義的なものになるのは避けられないのではないか。あるいは、いかなる社会理論もそのようにみなされるなら、実際問題、自由にとっても危険なものとなるだろう。理論が予測的なものであると考えることは、全く予想もしなかった「外部からの衝撃」（p.201）に備えて道を用意することではないだろうか。実際には、ウィルソン氏は「啓蒙主義」と題する章において、その可能性をわずかにほのめかしているだけであり、こうした問題をまともに取り上げてはいない。その問題を簡単に通り過ぎた後で、啓蒙主義の「新たな自由」を賛美することに三ページを費やしている。そこではこう言われている。「啓蒙主義はあらゆるものをはねのけて進んで行く。自由な研究という倫理を優先させるために、いかなる形の宗教や国家の権威も、考えられるどんな恐怖もはねのけて進んで行く」（p.37）。ウィルソン氏の融合が目指しているものはあらかじめ決まっており、またはっきりと述べられているが、それは絶対確実な経験主義の教義つまり「説明のための共通の基盤」に達することである。この用語に照らして、経験的に説明できないものは何であれ排除されてしまう。したがって、残るのは単なる「人道主義」ということになる。すなわち、何が本当かを確実に知っているなら、その真理をますます強固なものにすべきではないのか。そのような真理に従わざるをえない、かわいそうな人々が彼らの誤りのためにもがき苦しんでいるとしたら、その誤りを正してやるのに、どうしてためらう必要があるだろうか。岸を探しあてたなら、なぜその内陸に「帝国」を拡大してはならないのか。これがウィルソン氏の言う「人道主義」である。

以上述べてきたようなウィルソン氏の信念に従うなら――われわれの一部はそれに同意しないけれど

も――すでに述べたような「説明のための基盤」という用語に基づいて、何でも科学で説明できると信ずるだけの充分な根拠があるかどうかということは、もはや議論の余地がなくなってしまう――幸いなことに、われわれはそのための充分な根拠を見出すことはできないのだが。われわれが手にしており、また手にしうる唯一の科学は人間の科学である。それには人間としての限界があり、常に人間の無知と誤りというものが関わってくる。科学によって発明されたり、発見された解決方法が実際に新たな問題を惹き起こしたり、解決方法自体が問題になるというのは実際によくあることだ。科学者たちはいくつかの問題を解決するために核エネルギーの利用法を発見したが、どのように用いるにせよ、核エネルギーはすべての人々にとって極めて危険なものであり、科学者たちは核廃棄物をいかに取り扱うべきかを発見していない。（彼らは古タイヤの処理法ですら発見してはいないのだ。）抗生物質を手にしたことは抗生物質の乱用につながった。他にもいくつも例がある。日々の生活では、科学に対する信頼を嘲笑《あざわら》うようなことが毎日起きている。われわれは遺伝子の正確な配列を知るために学んでいるが、圧倒的大多数の人々は自分たちの子供がどこにいるのかは知らない。科学はわれわれの進むべき道を照らしてはくれないように見える。むしろ科学による問題解決という、一連の悪循環の中に飛び込みつつあるように思えるのだ。科学による解決策が新たな問題となり、それがさらなる解決策を求め、そのような解決策を生み出すべく科学は常に必死になっているが、時にはそれが与えられないこともある。時には科学はわれわれの期待をひどく裏切り、不安にさせることもある。例えば、〔年号を二桁で管理しているコンピューターが二〇〇〇年を一九〇〇年と誤認してしまうという〕Y2K問題と言われるものは――二〇〇〇年という年号をコンピューターが識別できないという製造上の欠陥によるものだが――全く普通の人間の見通しからすれば、ごく簡単に防ぎえたはずである。二〇〇〇年がやって来ることは、子供でも数を数えられる年齢であれば予告できたはずだ。だが、「コンピューター科学」の発展に役立つべく、それに関わっているすべての科学者、主要な大学で教えているすべての人々、コンピューターを使って仕事をしているすべての人々、コンピューターがどんな知的な問題にも答えてくれると熱心に薦《すす》めるすべての人々の間では、見たところ、その道の権威ある人間として、誰一人Y2K問題の危機についてほとんど手遅れになるまで予測していなかったからである。

われわれ人間はものごとを体系的にとらえるための方法として、思考体系（system of thought）というものを生み出してきた。長い間、この思考体系の中で誤りを避けることについては、われわれはかなり成功を収めてきたといえる（常にうまくいってきたというわけではないが）。だが、そのような思考体系それ自体がしばしばまちがっていることが明らかになったときもある。ということは、その都度の思考体系は一貫したものであることはできたが（その体系という限られた範囲の中で）、だからといって思考体系それ自体が誤りをくいとめてきたということにはならない。経験が教えているのは、人間の思考体系が誤りをくいとめることはできないということである。だからといって、このことを嘆くべきであろうか。おそらくそうではないだろう。というのも、人間の思考体系による専制支配から（これまで）人間を救い出してきたものこそ、まさしく常にその思考体系の誤りだったからである。

現在の主要な思考体系――それは「科学」ではなく、「科学・技術・産業」の思考体系と呼ぶべきものであるが――から、多くの誤りと多くの失敗が生み出されているというのは意外なことではない。われわれの思考体系が誤りやすい生き物によって作られる以外にありえないということを認めるなら、人間の思考体系だけが誤りやすいものではないとは認めがたい。理由は、誤りやすいということは人間に染みついたものであり、それがわれわれの仕事に影響を与えるのは避けられないからである。われわれのうちで、そのことを知らない者がいるだろうか。われわれの大多数は何らかの計画のようなもので毎日の生活を始める。そして、日々、計画が変わったり、計画が失敗であったということを目にしている。なぜなら、そのような計画は必然的に人間の本性や特徴を充分には見通すことができないからであり、ましてや現実を充分に見通すことなどできないからである。世界についての見方や自分自身の経験に対する見方ですら、常にある程度は歪《ゆが》められたものであり、あまりにも単純化されたもの、単純な要素に還元されたものである。それだから、さまざまな形で誤りに陥ることになる。誤るということは、われわれの計画や思考体系が都合の悪い驚きによって妨げられ、苦しむことを意味している――そして忘れてならないのは、良い驚きもまたあるということだ。人間の精神の能力を越えるものを何でも経験的に知ることができると主張することはできない。われわれが理解しているものは、まちがいなく人間の理解力によって限界づけられている。ウィルソン氏は満足げに、「今後世界は総合によって前進するだろうし、人間は情報をふさわしい時に、ふさわしい形にまとめ上げ、批判的に考察することで、賢明にも重要な選択をするようになるだろう」(p.269) と予測している。彼によれば、総合とは「全体論」のことである。しかしながら、彼は、自分が語っている総合が全体的なものでも神聖なものでもなく、むしろ人間が諸部分を集めて作り上げた人工的なものであることに気づいていない。そのような諸部分から成る人工物とは、全体的なものや神聖なものから切り離すことで得られた結果であり、当世風の理解の仕方に合わせて理解できるように(ワーズワースの言い方によれば、「われわれは解剖するために殺している」)、再び一つにまとめ上げたものにすぎない。

人間の思考体系が誤りやすいものだということは、常にその体系が不完全であるということによる。何かを含めるためには、まちがいなく他のものを排除することになる。われわれはすべてのことについて知っているわけではないのだから、すべてのものを思考体系の中に含めることはできない。つまり、われわれがその中に含まれる、より大きなものをわれわれ自身の思考体系の中に含めることはできないのだ。ところで、或る体系を作った人々やそれから恩恵を受けている人々が、その体系が不完全であることに気づくなどということは、いまだかつてほとんどあったためしがない。逆に、或る体系から排除されている人々にとっては、その体系が不完全だということはおそらく明らかになるか、もしくはすでに充分なほど明らかである。現在の思考体系の一つの弱点は――ウィルソン氏はそれを気にしていないが――人間の理解を越えたものや、言語には言い尽くせないものをすべて排除しているということである。そして、これには人間の魂という生命の歴史も含まれる。

もう一つの弱点は――こちらの方はウィルソン氏が気にかけていることだが――現在の思考体系が環境という意味での健全さという原理や基準を排除していることである。「科学・技術・産業」の思考体系によって、われわれは極端に小さなものやごく近くにあるもの、あるいは極端に大きなものや極端に遠く離れた場所にある物体を正確に説明する（見かけ上ではあるが）ことができるようになった。しかしながら、この思考体系は、われわれが生活している場所やコミュニティを適切な形で説明することにさえ完全に失敗している。理由は、そうすることができないからである。考えてみなければならないのは、原子や分子や遺伝子、あるいは星雲や惑星や恒星についてはあらゆることを知っている科学者たちはいるが、彼らは、地理的・歴史的・生態学的に見て、自分たちがどこにいるのかを知らないのである。この意味では、われわれの学校は、自分たちがどこにいるのかを知らない何千、何百万という卒業生を生み出している。ここからは、確かに、嘆かわしい結果が生ずることが予想される。ウィルソン氏の考えでは、現在の思考体系は現在の要求を拡大していきさえすればおのずと誤りを正すことができるとみなされている。だが、私の考えでは、現在の思考体系の誤りを正すことができるとするなら、これまで排除されてきたものを意識的に取り戻し、それを現在の思考体系の中に含めようとすることによってのみ可能となるだろう――もちろん、このようにして生まれる新たな思考体系とは、これまでのものとは全く別の要求を持った、全く別の形のものになるだろう。

もしも人間が手にしている科学が明らかに不完全なものであり――それは神秘的なものに取り巻かれているのだが――それでもなおかつ、あらゆる専門分野を融合するという手段によって、科学が完全になるべきであり、また完全になりうるし、完全になるだろうということに固執するなら、そこから直ちに生ずる結果は、必然的に、自分たちの言語にあまりにも重い負担をかけすぎるようになるということである。ウィルソン氏の計画は言語というものに過度の信頼を寄せているが、その結果として、まちがいなく自分の知らないことについて書くはめになる。したがって、彼の言語はしばしば不確かなものとならざるをえない。彼の掲げるテーゼ（命題）から結論として強引に引き出される未来の予測は、最終的には、われわれにとっても、彼にとっても曖昧なものとならざるをえない。融合について書かれた文章には、常に、仮定法で用いる動詞や、自分が信じていることはまちがいないと見せかけるための言葉――「…であるだろう」とか「…になるだろう」――さらには「もしも…」とか、「…するまでは」、

「…らしい」、「おそらく」といった言葉の多用と偏りが見られる。このような言葉遣いは科学的ではないし、科学理論にはふさわしくない。これらはまったく月並みな人間の勝手な思い込みでしかなく、一種の通俗的な偏見や職業的偏見に導かれているにすぎない。

だが、この本に関して最も非科学的であり、最も憂慮すべき点は、ウィルソン氏が何であれ知らないことを自分勝手に流用していることである。彼は、この〈知らない〉ということを「…までは」とか、「まだない」という言葉を用いてさまざまな形で勝手に解釈している。すなわち、〈科学者たちには知らないことがある〉と言う気にはなれないので、その代わりに〈科学者たちはまだそれを知らない〉と言わざるをえないし、〈あることは別のことが知られるまでは知ることができない〉と言わざるをえない。実際、彼は何度もこういう言い方を繰り返している。「科学を越えて、主要な学術部門を横断的に融合する可能性を信ずるだけでは、まだ科学ではない。……この融合の可能性は論理的には根本原理から証明されるべきであり、経験的検証という一連の決定的証拠によって基礎づけられるべきである。少なくともこのことがまだ確認されないかぎり、融合の正しさが立証されることはない」(p.9)。このような「まだない」という言葉によって、神秘的なものが未来の知識として勝手に流用されてしまうことは明らかである。生命とその未来は、生命を説明するつもりの人々の名において――さらには、それに続く生命を搾取するつもりの人々の名において――独占されてしまうことになる。神秘が解明のためのスケジュールに上るやいなや、それはもはや神秘ではなく問題となるのだ。こうして、あらゆるものを科学に還元しようとする科学の専制支配がほとんど完成することになる。ということは、自らを過大評価する科学それ自身が、「未来の特許権を持つという意味」を主張し始めたということである。

このような言葉の使い方から生ずる帰結は、実践の場面で、一種の道徳的無分別の状態が生まれることである。規模の適切さについて考えるという健全な思考を導き出すことができなくなり、知る必要があることを「まだ」知らないと考えて行動するようになるのだ。このような「まだ知らない」という考えは、われわれ自身の限界という問題を簡単に乗り越えてしまう。人間の限界――それは主として人間の知識の限界と知る能力の限界であるが――を生き物であることにふさわしく認めるのでなければ、自然の限界という問題にアプローチすることさえできなくなってしまう。

「科学を越えて、主要な学術部門を横断的に融合する」可能性とは何か。
われわれは、まだそれを知らない。
なぜ罪のない人々が苦しまねばならないのか。
われわれは、まだそれを知らない。

*

もちろん、私は、いかなる種類の知的作業も仮説とか理論とか、他にも可能性について何らかの意味を表す言葉なしになされるとは考えていない。われわれの知識は非連続的であり、未来については無知なのだから、ある時点での証拠から次の時点での証拠へと推論するさいには、何らかの方法が必要なことは認めねばならない。同時に、そのような推論の過程では、証拠もなしに無限に推論を拡張すべきではないし、それぞれの証拠をできるだけ互いに近いところにふさわしく配置すべきだというのが、正しい主張のように思われる。水が浅いところでは、〈まだ〉見えない水面下の踏み石があるだろうと考えて、あえて危険を冒すことはないだろう。だが水が深くて流れが急なところでは、踏み石を仮説として受け容れて川を渡り始めるべきではない。核廃棄物について、その処理方法はまだ分からないと自分に言い聞かせながら、莫大な量の核廃棄物を貯蔵し続けることはばかげている。原子力の科学者たちが謙虚になって、〈われわれはそれをどう処理すべきか知らない〉と率直に言うことができるなら、今よりもずっと彼らを信頼して未来に立ち向かうことができるようになるだろう。

「その問題を研究し続ける」と言い聞かせながら、自分たちの無知については認めないようになるとしたら、明らかに越えてはならない限界というものがあるはずである。いつの時代とも同じく、この時代においても慎重な考えの持ち主であれば、時には自らの無知を告白せざるをえないだけでなく、知ることができない事柄があるのだという、古くからある考えを持ち続けながら生き続けなければならない。いずれにしてもウィルソン氏の『融合』は、科学に対する熱狂的な信仰によって、次々と仮定の踏み石を跳び越えていく人間の心のあり様を表している。そのような心の行き着く先は、そうとは気づかずに水の中に跳び込むことでしかないのである。

4　還元主義

還元主義は唯物論と同じく、正しく適切に用いられる場合もあれば、まちがって用いられることもある。還元主義が正しく適切に用いられるのは、経験的に知られるものや知ることができるものを理解する方法として（一つの方法であるが）用いられる場合である。還元主義が経験的に知られないものや知ることができないものに対して、ただ単に知的な「立場」を表すために用いられると、すぐさまおかしなものになり、極めて感受性に乏しいものや偽《いつわ》りのものになる。唯物論と同様、還元主義は正しい意味では科学に属するものであり、還元主義が一つの信念を表すものとして用いられるようになると、問題を生ずることになる。

ウィルソン氏によれば、「科学の仕事は……世界に関する知識を集め、その知識を検証可能な法則と原理にまとめ上げるために、知識を組織化し体系化することである」〔傍点はウィルソン氏によるもの〕（p.53）。さらに彼はこうも述べている。「科学の最先端は還元主義であり、自然をその構成要素に分解することである」（p.54）。還元主義には「さらに進んだ計画」がある。それは、「それぞれのレベルの法則や原理をより一般的な、つまりはより一層基本的なレベルの法則や原理に取り込むことである。還元主義という形式の強みはあらゆる知識を全面的に融合することであり、この融合という観点からすれば、自然は、他のあらゆる法則や原理が還元されるであろう単純な物理学の普遍的法則によって体系化されることになる」（p.55）。この本の終わりの方で、ウィルソン氏はさらに次のようにつけ加えている。「融合による説明が主要な学術部門全体に適しているという考え方を支持する、おびただしい数の証拠があるが、これを反駁《はんばく》する証拠は全くない」（p.266）。

ウィルソン氏の、科学および還元主義――ここから彼の偏見が生まれるのだが――の定義は全く適切なものに思われる。しかしながら、彼の融合の定義はその説明と同じく、先に進めば進むほど議論の余地があるものとなる。

明らかに、ものごとを単純な要素に還元するという過程はまちがいなく役立つものである。この過程は科学者には必要不可欠であり、それ以外のわれわれにも同じく必要である。事柄や事物を構成している諸部分を知ること、それらの部分がいかに結びついているか、また何が共通の部分であって何がそうでないか、事物がいかなる法則や原理によって結びつけられるか、さらには生き物がいかなる法則や原理によって生きており、行動するかを知ることは価値がある（時々ではあるが）。そのように問うことは、人間の思考や仕事にとって生まれつき当然のことである。

だが、還元主義にはまた一つの本質的な限界がある。その主要な限界とは抽象化ということである。抽象化は個別的で具体的なものを一般的なものに吸収し、つまりはその具体的意味を曖昧にしてしまう傾向がある。物質世界についての経験的知識は、抽象化の結果として、例えば統計学的平均といったものを生み出したが、これが何ら物質的なものではなく、観念としてのみ存在するということこそ、まさしく科学の奇妙な逆説である。経験論に従えば、平均とか典型という〈物体〉はありえない。一方では種の概念と、他方では典型的な種の見本の間に位置する生き物そのもの、つまり個々の生き物が抽象化によって失われてしまう。分類し、分解し、説明することで、生き物はその集合、解剖学、説明の中に消えてしまうのである。この傾向は、生き物と（もしくはその生息環境と）、それについて言葉に置き換えられた知識を同一視するようになる。ウィルソン氏もおよそこの問題に気づいており、だからさまざまな知識の「総合や統合」の重要性を強調している（p.54）。しかしながら、彼は、総合や統合が単なる説明の一部にすぎず、説明することが説明されるものよりも常に必ず小さなものであることに気づいていない。総合し統合している科学者は知っているかぎりの事柄を整理し、それに意味を与えているにすぎない。彼は分解したものの全体を作り上げているわけではない。だから、すでにまとまっていたものを一つにまとめると言うべきではないのである。

個々の生き物がそれぞれユニークな存在であり、その個性が生き物に固有なものであるということは、物理学や行動主義で言う例外的なことを意味するのではなく、それが生命であることによる。生き物の生命とは、その「生命の歴史」、つまりその生命が再生産のために懐妊することから死にいたる典型的なサイクルを成すことではない。生き物の生命とは、その生き物が置かれた場所で、その生命にとって生ずるすべてのことである。生命の全体とは、その生命に固有なものであって、生理学や生物学の中にはない。このように生き物と場所が一つになって全体を形作っているということは、経験論に従って、生き物が生物学的に決定されているとか客観的に決定されているとみなす冷たい知性には決して充分にはとらえられないだろう。なぜなら、このような生き物の全体は愛情や親しみに対して姿を現すからである。

現代医学（それは「科学・技術・産業」の医学であるのだが）にしばしば見られる、生命を侮辱《ぶじょく》するような態度は、まさしく個々の患者をその生命（生活）から切り離し、年齢や性別、病理学、経済的地位、その他のカテゴリーを代表するもの、つまりはその見本とみなすようになってしまった。われわれが生命を「委《ゆだ》ねる」専門家とは、以前には決して会ったこともなければ、われわれについては何も知らず、二度と再び会うとは言えないような人々であり、それでも彼もしくは彼女はわれわれのどこが具合が悪いかを正確に知っているかのように振る舞うのである。同じような侮辱的態度は今や政治の常識にもなっており、それによって個々人は、人種、性、地理、経済、イデオロギー、その他のカテゴリーを代表するものとして扱われ、個々人がそれぞれ典型的な欠陥、不満、権利、長所を持った者とみなされるのである。

科学が知っていることをそれにふさわしい形に分類したり整理しようとするなら、抽象的言語や抽象的カテゴリーで語ることは正しく適切なことだと言える。だが、科学が「細胞」とか「生物」、「遺伝子」、「生態系」、さらには何であれ科学の分類項目や呼び名で語っているからといって、科学が充分に語っている――あるいは充分に知っている――とみなすことこそ、しばしばまちがっていると考えた方がよいだろう。このことがさらに極端になれば、言語は偽りの説明やみかけ上の正確さを表すことになり、言語の抽象化とか、抽象化という無情なものから決して逃れることができなくなる。

ところで、誰の眼にも明らかなのは、科学者でさえ自分たちの愛すべき人々を「女性」とか「男性」、「子供」、「事例」といったカテゴリーの用語では語らないということだ。愛情が求めているのは、われわれが抽象化やカテゴリーを取り外し、生き物そのものに向き合うことだからである。つまり、生命を持ち、その場所にいるものとしての生き物にまともに向き合うということだ。これは、ウィルソン氏の（そして私の）自然保護の根拠として重要なことであり、ほとんど誇張なしに言うことができる。というのも、ものごとはカテゴリーではなく、まさしく個々の生き物として、それが生きている場所で、独自な形で生き続けるのでなければ生き延びていくことができないからである。

われわれ自身の歴史についてこれまで充分に気がつくことは、単に金銭的に価値あると結論づけただけのものは搾取してきたが、愛するものは守っているということである。愛するものを守るためには個々の具体的なものを言い表すための言語を持たねばならない。というのも、われわれは個々の具体的に知っているものを愛するからである。科学の抽象的で、「客観的」で、非人称的で、いかなる感情もさしはさむことのないような言語は、実際にある一定の事柄を知るためには役立つし、一部のものを確実に知るためには役立つ。例えば種の価値や種の多様性の価値を知るのには役立ちうる。だが、科学の言語は価値あるものを最終的に守るための親しみ、畏敬《いけい》の念、愛情の言語に置き代わることはないし、置き代わることもできない。

科学の抽象化はあまりにも容易に産業や商業の抽象化に同化されてしまう。それに従うなら、あらゆるものが他のものと交換され、置き換えられることになる。ここには一種の平等主義があるのだが、それによると、価格が等しい二つのものは価値においても等しく、利益や流行という点から見て何でも置き換えることができる。森は畑に等しく、畑は駐車場に等しいというわけだ。森から畑へ、畑から駐車場へと遷《うつ》り変わっても、その価格にまちがいがなければ、ちがいについて語ることは意味がない。価格にまちがいがなければ、或る場所は別の場所と同じく良いものであり、或る土地の利用法は別の利用法と同じく良いとか、或る生命は別の生命と同じく良いものだということになる。かくして、政治的には心を動かされるように見えたものが商業的には感情をはさむ余地がないものとなり、商業的な攻撃にさらされることになる。これは、あらゆる部品は交換可能であるという産業主義の教えであり、われわれはその教えをあたかも世界の法則であるかのように、場所や生き物や他の人間たちに当てはめているのだ。その間中ずっと、われわれは科学をまねた一種の月並みな言語を使用しているわけであり、そのような言語によっては天国や大地について語ることはできず、抽象的概念について語ることができるだけである。これは、どこにもないような世界についてのレトリックであり、そのようなレトリックによっては、個別的なものに強い関心を示すことも、ましてやそれに愛情を持つことさえも禁じられてしまう。このような事物の還元や抽象化に真っ向から対立するのは、個々の生命や場所がかけがえのないものであるという考え方である。これは科学から来るのではなく、われわれの文化的伝統や宗教的伝統から来る。この考えは平等主義の考えからは導かれず、また導かれえない。もしもすべてのものが等しいとなれば、かけがえのないものなどありえないからである。（そして、ここで立ち止まって、次のように言っておく必要があるだろう。すなわち、生き物の個性に対する、このような古くからの喜びは、今日われわれが「個人主義」ということで意味しているものとは同じではなく、むしろその反対だということである。個人主義は、現在の言葉の使い方では、個人が独りで行動するさいの「権利」とみなされており、他の個人を無視することで成り立っているからである。）

今や、われわれは「銀行の規制緩和」という現象を目にしているが、それによると、開発業者は或る土地を保護することで別の土地をだめにする「権利」を買うことが許される。科学はまさしく商業と同じく冷酷なやり方で土地の面積を測り、それを見て秤《はかり》にかけることができる。そのような取り引きに関わる開発業者はまちがいなく環境保護主義者からの支援を受けているのだが、これでは、或る土地を別の土地と置き換えることは愛情ぬきではできないと主張できなくなってしまう。もしもそのような土地に住み、その土地を愛する人々がその土地を守ることができないとしたら、誰も守ることはできないからである。

生き物や場所に対して何らの感情もさしはさむことなく冷静に研究するような人々が、生き物や土地を守るために自ら大いに努力しようとするとは全く考えられない。これに対して、自らの生活の中で生き物や土地に関わり、自らの生活をそれに注ぐような人々が生き物や土地を守るために努力するだろうと考えるのは全く当然のことである——そしてもちろん、私は、多くの科学者たちがこの種のことに参加しているのを知っている。

＊

今朝、私はある窓に面した机に向かって仕事をしていた。それは、三十七年間、何度も朝に仕事をしてきた場所である。私は忙しかったけれども、今日もいつものように窓の向こうに起きている出来事に気がついた。地面の雪は融けたが、まだところどころに白く残っていた。川はあふれるように、流れが速く、泥で濁った水が流れていた。四羽の野鴨《のがも》が流れの上を泳いでいるのが目に止まった。見たところ、野鴨はそれを楽しんでいるようであった。大きな一羽の青鷺《あおさぎ》が魚を捕まえようとして、腹あたりまで水につかりながら川の流れの中に立っていた。望遠鏡を通して、その青鷺が前の方に進み、魚を捕まえ、呑《の》み込むのが見えた。窓の下の餌台には、ゴシキヒワ、シジュウカラ、アメリカコガラ、ゴジュウカラ、コウカンチョウが群がり、山になった、無料の（彼らにとって）ヒマワリの種をせわしげについばんでいる様子が見えた。カラスの群れが川の向こうのトウモロコシ畑に何か新しい価値あるものを見つけたように、飛んで行くのが見えた。キツツキは仕事に忙しく、リスも同じく忙しそうだ。時々、私はここから窓の外にこれまで何度も驚くべき光景を見てきた。例えば鹿が川の流れを横切って泳いで行く様子や、野生の七面鳥が餌をついばんでいたり、新しく巣立ったフクロウのつがい、カワウソが遊んでいる様子や、野生の狼が散歩するように歩き回っていたり、ハチドリが幼い雛《ひな》に餌を与えていたり、ハヤブサが蛇を食べている様子だったりもする。木立がすっかり葉を落としてしまうと、ここから見える谷の両側が、木で出来た斜面のように見えることがある。私はこの場所を、私の生涯を通してずっと知っている。私は何とかしてこの場所とこの場所にいる生き物たちを守りたいと思う。ここで仕事をしてきた三十七年間、私はかなりの時間をかけて、どうしたらそれを守れるかということをずっと考え続けてきた。この場所は小さくてしかも脆《もろ》い場所であり、川と道路にはさまれた、やせた傾斜面からなる森林地帯である。私は、二時間もあれば、一台のブルドーザーで姿を変えてしまうことができるだろうということを知っている。私がかつてその場所があったことなど思い浮かべられないほどに、だがどんな「開発業者」にもまちがいなく開発されたと分かるように変えてしまうだろう。

とりわけ私が知っていることの一つは、私がこの場所を守りたいと思うなら、すべてのカテゴリーで語るのを止め、あるがままの姿でこの場所に真剣に立ち向かわねばならないということである。つまり私もまたこの場所に身を置かねばならないということだ。少なくとも私はそれについてのカテゴリーの一部を知っているし、それに価値を見出し、それが役に立つと気がついている。しかしながら、私はここで私の人生を生きているのであり、一人のアメリカの白人男性を代表してここにいるわけではないのだ。ましてやここにいる鳥や動物や植物たちが、彼らの性や種を代表してここにいるわけではない。私たちはみなそれぞれのやり方、形式、習慣を持っているのだ。われわれがみな何であるかという理由の一部は、われわれがここにいるからであって、別の場所にいるのではないということによる。われわれのうち、一部のものは動き回ることができる。一部のものは動くといっても（木のように）ただしなやかであるということに満足しなければならない。われわれ動き回るすべてのものには偶然の出来事やまわりの条件、思いがけない事件が必要であり、それは本能によらない選択をするためである。そしてこのような選択は、われわれがカテゴリーから抜け出し、今と〈ここ〉という、われわれの生命の内に歩み入るようにせまるものである。木ですら、場所と時間という、この特殊な条件の影響下にある。それぞれの木は偶然の出来事やまわりの条件、思いがけない事件に呼応しながら立っているのであり、同じ種類の木でもそれぞれがみな全く同じ形をしていない。それらの木は不思議にも決められた場所に根を張りながら立っている。どの場所も別の場所と同じではなく、そのように場所が決まっているということはある程度は奇妙で不思議なことである。鳥や動物たちは岩穴の中や地面の中、木の股に巣を持っているが、それぞれの場所はこの世界の他の場所とも少しずつちがっている——そして私が結婚して、形作ってきた巣についても同じことが言える。

ここで仕事をしてきた三十七年間を通じて、私はたえずこの場所についても、私自身のことについても、それをあるがままの形で十分に語りうるだけの具体的な言語を学ぶように心がけてきた。そのことに十分に成功したとは言えないことを私は承知している。それでも、そうしてきたことに喜びを感じている。というのも、そのことによって、私は還元することと還元されるものを明確に区別できるようになったし、常にそのことを覚えておくようになったからである。私は、言語が還元という仕方で用いられることで役立つことを知っている。例えば、私が「アメリカの白人男性」であるとか、黒い羽を持った赤い鳥は「アカフウキンチョウ」であるとか、木肌が白い樹皮で覆われた木は「スズカケの木」であるとか、これは「水生植物の群落」であると言うとき——これらすべてのことは、それを必要とする類の思考には役立つだろう。しかしながら、自分の言語をもっと具体的なものにしようとするなら、私はこの場所の生命が常にわれわれの期待や、予測や、種の典型を越えて姿を現してくるのを知る。さらに、この場所の生命がユニークなものであり、一瞬ごとに世界に与えられ、しかも一度きりしか現れず、二度と繰り返されることはないということを知る。それだから、同時にまた、私はこの生命を奇跡であり、この上なく価値があり、ぜひとも守るに値するということを知るのである。

われわれは神秘の中に生きているのであり、奇跡によって生きているのだ。エルヴィン・シャルガフは、「生命には常に解明不可能な事態が介入してくる」と書いている（Erwin Chargaff, *Heraclitean Fire*, The Rockefeller University Press, 1978, p.20〔村上陽一郎訳『ヘラクレイトスの火』、岩波同時代ライブラリー、一九九〇年刊、三三ページ〕）。われわれに与えられているのはわれわれが知っている以上のものであり、われわれが知っていることはわれわれが語りうる以上のものである。言語を構成することは（それはまた思考を構成することだとも言えるのだが）、経験の範囲内で形作られるのであって、その逆ではない。要するに、われわれは言葉を越えたところで生きているのであり、それはまたコンピューターによる計算や理論を越えたところで生きているのと同じことである。こうして見れば、科学の言語には他の言語に比べて限界がないと考えるいかなる理由もない。おそらく、われわれが望むべきは、還元というプロセスの後に科学者たちが戻るつもりであろう総合や統合のプロセスではなく、われわれが生き物であるということの世界、われわれが愛着を持っているこの世界、さらにはわれわれの喜びと悲しみからなるこの世界であるだろう。なぜなら、そのような世界とは還元という手続きに先立って存在していたものであり、（そのかぎりでは）還元という手続きの後にも存在し続けるものなのだから。

5　機械としての生き物

これまで述べてきた手続きとしての還元の方法よりも、今やもっと一般化した還元の仕方がある。それは現代科学にとって流行病のように蔓延《まんえん》しているように思えるのだが、このような還元の仕方は科学から始まっていたるところに広まっている。私がここで言おうとしているのは、世界と世界のすべての生き物を「機械」として定義したり、「機械」と同一視することである。このような機械としての生き物という考え方は、『融合』における基本的主張の一つである。啓蒙主義の思想家たちと並んで、ウィルソン氏は、「それでも神による神聖な介入を唱えたいというのなら、世界を神の作った機械と考えてみてはどうか」と勧めている（p.22）。その少し後でウィルソン氏は、「結局のところ、人間はまさしく極めて複雑に作られた機械である」（p.30）と言い、さらに、われわれは「機械のような生物」（p.82）であり、「生物とは機械である」（p.91）とも述べている。

このように生き物を機械として語ることは、かつては意味を持っていたかもしれない。それは、神による創造や被造物の物理的結合の完璧さを信じ、強く主張するための一つのやり方であったかもしれない。つまり全体としての神に対して、部分としての被造物が必要不可欠であることを強調するための一つの仕方であったかもしれない。言い換えれば、機械は比喩として一定の有効性を持っていたということである。だが、ある比喩が正しいかどうかは、その比喩の限界をどう理解するかにかかっている。例えば、私の友人が叔母《おば》に、イエスが「私はドアである」と語ったときのことを思い出させ、正しく理解させるとしてみよう。ここでイエスが言おうとしていたのは、〈ちょうつがい〉や〈ドアの取っ手〉がついているということではない。同様に、以下のような比喩の意味を理解するさいにも、われわれは注意深くなければならない。すなわち、「職業としては全く畑ちがいだ」とか、「カメラは全く部屋のようだ」〔ギリシア語の camera は部屋を意味する〕、「系図というのは全く鶴の足のようだ」〔系図 pedigree という言葉はアングロフランス語の pied de grue「鶴の足」という言葉からきている〕という比喩の場合にも、注意深くなければならない。

比喩というものが二つのものを同一視することとみなされるなら、比喩はわれわれの扱える範囲を越えてしまうし、比喩によって言い表される二つのものが全く同一であるとみなされるなら、ばかげたものになる。言葉というものがそれぞれの意味を持つと考えるなら、世界は機械ではなく、生物も機械ではない。世界や生物と機械の最も大きなちがい、最も明白なちがいを述べるなら、機械は人間の作ったものであるが、世界や生物は人間の作ったものではないということである。

しかしウィルソン氏は他の多くの人々と同じく、この誤りが気に入っているようであり、そのような誤りを重ねている。彼はまず初めに、「脳が機械である」(p.96) と言ったかと思うと、今度は、「心とは……脳がはたらいている状態である」(p.98) と言う。脳や心という主題をこのような定義に固定しておいて、それとは異なる意見や矛盾する証拠が持ち出されるのを未然に防ぐために、次のように述べている。「脳における複雑な状態を把握するための最も確実な方法は——他のいかなる生物学上の器官や組織とも同じく——脳を工学的問題として考えることである」(p.102)。

かくして、ウィルソン氏が提唱する人間の心に関する理論では、心はイコール頭脳であり、頭脳はイコール機械であるという単純な公式で言い表されることになる。ということは、心は心として単独に存在するものであり、物質的なものであり、心だけで存在するということだ――それはちょうど機械が(ひとたび作られたならば)機械そのものであり、単独に存在し、物質的なものであるのと同じことである。このような考え方は、私が心のターザン理論と呼ぶものにかなり近い。心のターザン理論とは、エドガー・ライス・バローズによって書かれた小説『ターザン』の中で考案されたものであるが、それによれば、人間は、仮に全く類人猿によって育てられたとしても完璧に人間の心を持つというものである。つまり、人間の頭脳は(いわゆる)社会的・文化的影響を全く受けない場合でも、それだけで独自に人間の心としての機能を果たすというわけだ。

*

しかし、ここからは興味ある疑問が生まれる。そのような単なる頭脳でしかないような心、しかも単なる機械でしかないような心がはたして存在するだろうか。もしも人間に身体がないとしたら、心がありうるだろうか。あるいは頭脳が(それが機械であろうとなかろうと)ないような身体はありうるだろうか。もしも人間に感覚器官も、手も、動いたり話したりする能力も全然なく、苦しみや喜びを感ずることもなく、食欲も、身体的欲求も全くないとしたら、それでも人間は心を持つと言えるだろうか。そのようなことは(ここでの議論のために)理論的には可能かもしれないと認めるとしても、同時に、そのような心は想像できないと言わざるをえない。その最大の理由は、文字通り、そのような心については何らの具体的イメージも持つことができないからである。

では、その心に身体を与え、身体は心を持っており、さらに心には感覚や想像力、身振り手振りなどの動作、欲求といったものがすべて含まれると認めてみよう。ここで生ずる別の疑問は、はたしてそのような心はそれだけで単独に心でありうるだろうかということである。一つの心がそれだけで単独に存在し、それゆえ言語を持たず、記号や意味というものを全然必要としないとしたら、心は果たして心として認められるだろうか。再び、このことは理論的には可能だと言えるかもしれない（なぜかその理由は分からないけれども）。だが、そのような心に出会ったとしても、どうして心であると分かるだろうか。

だとしたら、今度は、身体を持った二つの心――男性と女性の心だとしてみよう――をいっしょにすると考えてみよう。その場合にも、彼らには住まいや、場所や、時間というよく知られたものがないと考えてみよう。今やわれわれははっきりと心と認められるものに近づいて行くだろう。二つの心があるのだから、そこには何らかの言語のようなものが必要だろう。これらの心は別々のものであり、お互いに近づきたいという欲求を持つなら、何とかしてそうする必要があると思うだろう。だが住む場所がなければ、そのような言語はあまりに貧弱で粗雑なものであり、人間の言語と呼ぶことはできないだろう。すでに述べたように、身体も、住む場所も、言葉も持たないような心は理論的には可能であり、認めることはできる。と同時に、そのような心は、すぐに分かるように、人間の心ではないと言わざるをえない。（われわれがみな知っているように、そしてわれわれの大多数がそうであったように、若い恋人たちは自分たち以外のことは語らないものである。そして、そのことがいかに知的なことであるかをわれわれは知っているのだ。)

身体も、住む場所も、言葉も持たない心について、その理論的可能性を認めることで、われわれはこれまで生じた疑問を回避してきた。だが今やそれに答えることができる。なぜなら、人間は身体なしに頭脳であることはできないし、慣れ親しんだ故郷なしには身体であることは(長い間にわたって)できないからである。一つの心を持つためには、少なくとも二つの心と(そしてまちがいなくもっと多くの心と)世界を持たなければならない。われわれはこれを、アダムとイブの心の理論と呼ぶことができるだろう。このような理論を正しく言い表すなら、実際にはおよそ次のようになるだろう。心=頭脳+身体+世界+地域での住む場所+コミュニティ+歴史。ここで「歴史」とは単に記録された出来事を意味するのではなく、文化、言語、記憶、道具、技能などの遺産の全体を意味する。このような心の定義に従うなら、心だけが単独に或る器官の中に位置づけられるとか、生物や場所の中に位置づけられると考えることは難しい。かくして心は非物質的なものでありながらも、身体を持ち、場所を持ちうることによって可能なものとなる。

そして、ここで生物と機械のちがいがより一層明確になる。心という観念と生物という観念は別々に切り離すことができるようなものではない。あるいはこう言って良ければ、それらは一時的には切り離すことができるが——だがほんの一瞬である——それはただ、そうした状態を考えるためだけにすぎない。生きとし生けるものは何であれ、自分が何であるか、自分がその場所でどのように生きていけば良いのかを知るために、充分な心というようなものを内に備えているのだ。そうでなければ生きていくことはできない。これに対して機械は、それを作った心を何一つ内に備えてはいない。また機械には、生物が世界やコミュニティや場所や歴史に依存しているといったことは全くない。機械が外の宇宙空間に向けて発射され、二度と戻って来ないとしても完全に機械であり、またあり続けるだろう。燃料が燃え尽きて、軌道を外れて旅を続けた後にも、なおも機械であるだろう。しかしながら、人間の心はまちがいなく身体の内に備わったものであり、それが外の空間に向けて発射され、二度と戻って来ないとしたら、自己の生命を維持する世界との結びつきや世界との関係が断ち切られるなら、たちまち死んでしまうだろう。

心はどれくらい故郷から離れてなおも心であり続けることができるだろうか。おそらく、どんな科学者もこの距離を測ったことはないだろうが、われわれは自信を持って、それほど遠くないと言うことができる。機械がどれくらい故郷から離れて（ここでの議論のために、機械にも故郷があると仮定しての話だが）なおも機械であり続けることができるだろうか。理論的には、機械が破壊されないなら、機械は永遠に機械であり続けることができるだろう。

心が故郷なしには不完全なものであり、慣れ親しんだ人々の集まりや、心を心として認めるための、心の外にある重要な要素なしにもまた不完全なものだとするなら、個人の心やコミュニティの心が故郷に長くとどまればとどまるほど、より良いものになると主張することができる。しかし、ここで言われる「より良いもの」という言葉には、家庭経済の徳目（virtures）、すなわち節約や、たえず家庭を維持し補修すること、良い近所づきあい、土壌や水の健全な管理、生態系や流域の管理などを実際に行う能力、さらにはそれを進んで行おうとする意欲が含まれる。

もしも心がこの地上での家事を守ることができないとしたら、心はますます悪いものになっていくだけである。心がこの地上のどれほど多くの文化を滅ぼし、この地上のコミュニティや地形を滅ぼしうるとしても、――どれほど多くの表土を失い、どれほど多くの生物種を失うことになるとしても、そのような心がどうしてまともな心と言えるだろうか。

*

私がたった今指摘したように、心がそれほどまでに複雑に形作られているとするなら、個人の心を出発点にして知性や真理について考えていくことはできないだろう。まして個人の頭脳を出発点にして知性や真理について考えていくことはできない。そして、個人の頭脳がそれだけで単独に何でも生み出せる独創的な力を持ちうるとは、私にはどうしても考えられない。

知性や真理、さらには心でさえも、もともと物質的なものだと考えるなら、どのような答えが与えられても、次のような別の疑問に行き着くだけである。その問題を正しく言い表すなら、脳の物理的活動や脳の興奮が、それだけで単独に、どの時点で独創的なアイデアに変容するのかを実験的に調べねばならないということである。

しかしながら、非物質的なものである観念が、どうして物質的起源を持つことができるだろうか。例えば「平均」というのは観念であるが、この観念はいかなる意味でも平均的な〈物体〉の物理的性質を表しているのではない。唯物論もそれ自体観念であり、他のどんな観念とも同じく非物質的なものである。そして、エドワード・O・ウィルソンという人物は唯物論者であるにもかかわらず、自分自身が物質世界にも観念にも興味を持つ一人の人間であることを表している。

観念が非物質的なものだとするなら、どうして物質的起源を持つことができるだろうか。観念が起源において非物質的なものだとするなら、唯物論の立場をとる科学者は、その起源をどのように説明できるだろうか。このことがウィルソン氏の本に見られる根本的な欠陥である。つまり、彼はものごとの起源を説明することに関心を持っているが、彼が提案する探求の用語では、ものごとの本来のあり方が否定されてしまうということである。

＊

このように生き物を機械に還元する「科学的」還元なるものは、ただ単に大学の知識人によってあれこれ考えられたことにすぎないとしたら、それでは他にどのように考えねばならないだろうか。私は還元主義にはいかなる宗教的意味もないと思う。生き物を機械とみなすような人には宗教など必要ないからである。また、自分は機械ではないと考える芸術家にとって、機械のようになるなということは、芸術家として一つの意味を持つ。しかしながら、政治や自然保護にとって、このことは重大な意味を持ってくる。

これまで、われわれすべてにとって次第に明らかになってきたのは、現代の全体主義的な政府がその傾向を強めれば強めるほど、ますます機械的なものになっていくということである。いかなる政治体制の下でも常に政府組織が機械のように「効率良く」——つまりスピードを上げて、無駄《むだ》をなくして——仕事をするよう求め、期待する傾向はある。（機械による効率は常に、例えば排気ガスといった無駄なものを「外部に生み出している」が、他方で効率という誘惑があるのを否定できない。）しかしながら、われわれアメリカの政治システムは目的としては自由を求めているが、その他にも政府組織の仕事のスピードを遅らせたり、効率を下げたり、機械的にならないようにするための、いくつかの強力な考え方を生み出してきた。例えば、統治される側の同意に基づく統治という考え、マイノリティの権利、チェック・アンド・バランス、陪審員による裁判、上訴裁判所などの観念が含まれる。もしも政治において、生き物は機械であるという考えを実現しようとするなら、われわれは政府組織での機械的効率を制限しようとするこれらすべての貴重なものを失ってしまうだろう。結果として、われわれの権利と自由の基盤は弱められることになるだろう。もしも人間が機械であるなら、例えば奴隷制のどこに不都合があると言えるだろうか。およそ機械は自由になりたいと思うだろうか。思想や感情や愛情や強い願いを持った小さな機械が大きな機械に対して、小さくて取るに足りない異議申し立てを行うとしても、どうして大きな機械が小さな機械を尊重するなどということがあるだろうか。

この点で、以下のことを思い出すのはあながち見当ちがいではない。すなわち、われわれの政府がこれまでしばしば多くの小規模生産者や小規模製造業者が繁栄するのを政治的にも経済的にも価値あるものとみなしてきたこと、また独占企業や外国の競争相手の機械的効率に対して適切な制限措置をとってきたということである。個々の農夫や商店主と大企業の間で無制限に競争させることは民主的でも公正でもないと認めることは、機械的効率の見地から見てのことではない。私が思うに、アメリカの保守主義者と言われる人々は、少なくともこの点では首尾一貫していない。彼らは、一方では企業活動の「自由」と「グローバル経済」を信奉しながら、同時に民主主義と公正さを支持して、企業活動を制限することにも反対していないからである。他方、いわゆる「リベラル」(「自由主義者」)と呼ばれる人々は、自分たちの社会政策の基準として「差別的でないこと」という形式的なものを作り上げたが、同時に、内容的には保護主義者たちの言う経済的決定論を推進しているからである。このような矛盾した「立場」を調停することは、合理的には不可能である。経済的全体主義に見られる機械的原理によって、民主主義の伝統的権利や自由を守ることはできないからである。

しかしながら、当座は（おそらくは短期的にであろうが）企業は繁栄し、他のあらゆるものを犠牲にして繁栄し続けるだろう。最も富むものが生き残るという企業の教え（つまり機械的効率という教え）は知的流行として、人々の考えを支配している。一九九九年七月八日付の『ニューヨーク・タイムズ』紙に寄せられた投書は完璧にそのような考えを表している。すなわち、「企業からの影響を受けているこれらの人々にとって変化することは難しい。他方で、おそらく、より大きな、より効率の良いビジネス組織が現れるだろう。そして産業の統合化が進むことで、多くの人々に利益をもたらすようになるだろう」。この投書に見られるような、「より大きな」とか「より効率の良い」という言葉を読んだり聞いたりすればすぐさま、それは「避けられない」という言葉に出会うような気になるかもしれない。そして、この投書を書いている人はまさしく、「工業化した農業の統合化は避けられないし、それを妨げようとすべきではない」という決まりきった考えに自分自身を合わせているのである。今や、このような語り口は知識人とみなされる人々の間で常識になっているが、ここにあるのはただ、難しいことを考えるのを止めようという一つの考えなのである。あるいは、そもそも考えるのを止めようということだと言った方がよいかもしれない。というのも、「避けられない」という言葉を使うことは、他の可能性を考える必要がないからである。そして、たった一つの可能性にしか向かわない人は、そもそも考える必要などなくなってしまう。ここで語られているのは、「機械がやって来るのは止むをえない。機械の通る道にある小さなものは、機械に押しつぶされる以外に選択の余地がない」ということである。かくして、高度の心のはたらきを必要とすることが、いとも簡単に小さな亀のレベルの思考に置き換わってしまうのである。だが実際には、われわれは人間なのだから、機械に押しつぶされない方法や機械の方向転換ですら考える能力があるはずだと考えてみても良いだろう。

*

生き物を機械に還元することとは、基本的に自然保護の努力とは相容れない。生き物を機械に還元することは、まず第一に、唯物論から派生する物質的決定論の中心を成すものだからである。自然保護は、われわれがその中で生きており、なおかつそれによって生きている生態系に及ぼす影響を考慮に入れて、いかなる質的な選択をすべきか、その能力に関わっている。機械にはそのような質的な選択はできないし、おそらく機械である生き物にもできないだろう。人間が機械であるなら、機械的性質の機械的法則によって、命じられたことを命じられたようにしかできない。人間がこの自然の世界を機械的に破壊していることを嘆いたところで、その理由がいかなる決定論によるものなのか、ウィルソン氏も、（私が知るかぎり）他の誰も説明してこなかったのである。

だが、われわれはそのような決定論に同意しないと考えてみよう。生き物が機械であるとは信じないとしてみよう。そうすれば、生き物は機械であるという考えがどれほど自然保護を妨げてきたかが分かるにちがいない。そのような考えが科学者によって意識的に唱えられたものであれ、マスコミや教室で口先だけで語られてきたものであれ、自然保護を妨げてきたことに変わりはない。明らかに、生き物は機械であると広く信じられていることからは、機械に対して生き物を擁護する考え方を作り上げることは難しい。生き物を機械と混同したり、生き物と機械を同一視することは、両者のちがいを分かりにくくするだけでない。それはまた生き物と機械を対立させ、結果として、これまでたえず産業主義の下に生き物に対する機械の勝利を生み出してきたのである。

このように言うことで、私自身、困難な立場に立たざるをえないということを知っている。今日では、機械よりも重要なものがあると思うなどと告白すれば、ほとんど確実に、ではおまえは「科学技術に反対する」のかと非難するような人々に出会うことになる——つまり、まちがいなく「多くの人々に」利益をもたらすことになる、「より大きな、より効率の良いビジネス組織」に反対するのか、という非難をまぬがれない。

だから、私はできるだけ分かりやすい言葉で語りたいと思う。私が反対しているのは——そして批判を恐れずに率直に言えば——生き物の生命とその状態を表すのに、機械や機械の観念を無造作に当てはめようとするなら、過去二世紀にわたってその傾向がしだいに強くなってきたし、今もそうしているように、他の生き物にも、そしてわれわれ自身にも計り知れない犠牲を強いることになるということである。そして、ここにある問題を正しく認識し、この問題は明らかに生き物を機械とみなすことによるのだと述べるなら、われわれは自分たちの誤りを正す方法を見出すことができるし、自分たちの破壊行為から自らを解き放つ方法を見出すことができる。その方法とは、科学技術の能力をわれわれの経済生活の評価基準や尺度とみなすのを止めることである。その代わりに、経済を判断するのに生態系の健全さとか、私たちが仕事をする場としてのコミュニティの健全さを基準にして判断する必要があるだろう。私にとって容易に想像できるのは、次の時代の世界のあり方は、生き物として生きたいと願う人々と機械として生きたいと願う人々の間で大きく分かれるだろうということである。

6　独創性と「二つの文化」

現代科学が神々として崇《あが》めているもの、つまりその神話的原型の一つがシャーロック・ホームズだとすれば、もう一つのそれはまちがいなくクリストファー・コロンブスや、アメリカの辺境開拓者であったダニエル・ブーンといった海洋の探検家や大陸の発見者たちであるだろう。ウィルソン氏の『融合』は、何度も繰り返しこのイメージに帰って来る。すなわち科学について、彼は、「独創的発見がすべてである」(p.56) と述べており、さらには「新しい大地」(p.12)、「フロンティア」(pp.39, 56)、「豊かな鉱脈」、「処女地」(p.56)、「辺境の拡大」(p.39)、「最先端」(pp.99, 201)、「処女大陸」(p.100) など多くの言葉で語っている。また科学者については、「探鉱者」(pp.38, 56) とか「しばしの間、陸地を見ることから離れて青海原に乗り出す」航海者 (p.58)、さらに (他にも何箇所かで) まだ地図に印されていない領土を探し求める探検家と語っている。

このような英雄的発見者という理想像は、極めて著名な科学者の精神を特徴的に表しているが、この言葉はまた科学ジャーナリズムや科学を宣伝しようとする言語にも顕著に見られるものである。こうした言葉の内には、大多数の科学者、産業技術者、製品開発者などの野心、彼らのひそかな願望が表れていると言えるだろう。つまり、まだ誰も行ったことのないところへ行くこと、まだ誰もしたことがないことをするという野心と願望である。

英雄的発見それ自体には、本質的に何もまちがったところはない。しかしながら、それはまた他のものと同じく批判的に検討されるべきである。言い換えれば、英雄的発見が良いか悪いかは、発見された事柄の内容とか、その発見が何の役に立つかによるということだ。ここでわれわれは、最低限、そのような発見がなかったとしても充分に起こりえた可能性について考える必要がある。ということはつまり、何かを発見した場合にも異なった見方があるということだ――例えばメキシコを征服したコルテスの見方と、コルテスによって征服されたメキシコの王モンテスマの見方のように。この場合、未開の地が〈侵入禁止〉の地域として扱われた方が良かったと考えてみることもできるだろう。

英雄的発見という個人的野心には明らかにリスクが伴う。たとえ英雄的才能に恵まれている人の場合でもそうである。そうしたリスクのうちで最大のものは、英雄的発見のために自己の人生を犠牲にしようとすることである――つまり並外れて特別なことを実現したいという願望のために――自分の故郷や家族の生活などすべてのものを犠牲にするということである。ウィリアム・バトラー・イェーツは、仕事と人生は相容れないものであり、どちらかを選ぶことは避けられないとみなしていた。私は、彼がまちがっていたと思うが、人生よりも仕事を選択すれば犠牲を伴うと見ていた点では、彼はまちがいなく正しかった。

知的な人は選択を余儀《よぎ》なくされているのだ

人生の完成か、それとも仕事の完成か、
そして、もしも後者を取れば、
素晴らしい大邸宅を退《しりぞ》けねばならず、暗闇の中に荒れ狂うのだ。

こうしたすべての話が終わったとき、そこからどんなニュースが聞こえてくるだろうか。
運良く、しかも苦労のはてに残されたものは、
かの古い困惑という空の財布か、
それとも昼間の虚栄と夜の自責の念。

(William Butler Yeats, "The Choice," *Collected Poems*, 1954, p.242)

ウィルソン氏は、「未踏の大地や未来の帝国」を探し当てたいという欲求が「人間の性質にとって基本的なものだ」と考えている。おそらくその通りかもしれない。だが、それはただ一部の人間にとっての、つまり一部の極めて邪悪な人間にとっての基本的性質だと言った方がよいだろう。文化の面で、そのような英雄的行為を正当化する例としては、テニスンの「ユリシーズ」がある。「ユリシーズ」はロマンチックな個人主義と英雄的行為の自己賛美の作品であるが、そこでは英雄ユリシーズが(これはダンテの『神曲』「地獄編」の焼き直しなのだが)、「かの未だ訪れたことのない世界」に憧れており、彼が欲しているのは次のようなことである。〔西前美巳編訳『対訳テニスン詩集』、岩波文庫、一〇三ページ〕

沈みゆく星のように遠くにある知識を追い求めよう
　人間の思考の、最果ての境界を越えて。

ダンテの作品の中に出てくるユリシーズは地獄で悪事を誘う者の一人であるが、テニスンの作品にはそのようなことは語られていない。それだから、テニスンの作品に描かれたのと同じような英雄的野心を文化的理想像とみなすなら、必然的に、英雄的野心の良い面だけしか見ないことになる。その結果として、この英雄的野心には若者の青臭い空想や、大人の誇大妄想、知識人気取りといったものが含まれており、それが、歴史的にはたえず帝国主義や植民地主義に密接に関わっていたということを見落とすことになるだろう。

英雄的発見とは、「頂点に登りつめたい」という、われわれの固定観念の変形なのである。このことがわれわれの期待や野心の規準となるなら、そこには潜在的に破壊的なものが含まれており、おそらく狂気に満ちたものになるだろう。このような現代の文化はヨーロッパ中世の文化とは異なっている。ヨーロッパ中世の文化では、学識ある教師にも、田舎の司祭や農夫たちにも、騎士たちと同じように天職としての職業という意味で敬意を払っていたからである。また、農民や職人を商人の上に位置づけていた日本の江戸時代の文化とも異なっている。われわれの現代の文化はさまざまな種類のスターたちにこそ絶対的な価値があるとみなしているが、このことが、普通の生活や、普通の仕事、普通の経験をつまらないものとみなし、それらの価値を低下させているのである。それによって、われわれの文化は、良いものを生み出そうとする人々の仕事、地味ではあるが必要不可欠な、あらゆる種類の職務や任務を果たそうとする人々の仕事の価値を奪い、それに対して充分な代価を支払わないようになるのだ。ここから生ずる必然的な結果は、今や実際の場面で、大部分の仕事がいいかげんになされるということであり、偉大な文化と自然という源泉が軽視され、浪費され、乱用されるということであり、土地やそこに棲《す》む生き物たちが破壊され、市民にとっての教育・政治・サービスの質が低下するということである。

さらに教育においては、「高学力」ということをあまりにも強調しすぎるために、学生を惑わす結果にもなっている。ウィルソン氏の「独創的発見がすべてである」という考えは、今やごく普通の公立学校にも採り入れられている。職業的訓練という教育目標が今では教育学の支配的な考えになっているが、それは職業として高い給料を得るためである。子供たちは「自分がなりたいものなら何でもなれる」と言われ、どの生徒も、彼または彼女が自分たちは「指導者」になるために準備しているのだと言われる。だが実際には、これらはみな嘘である。独創的発見がすべてではない。例えば良い教師であるためには、独創的発見者である必要はない。仕事で高い給料を得ることがすべてではない。自分がなりたいものなら何でもなれるわけではないし、誰もそんなことはできないのだ。誰もが指導者になれるわけではないし、誰もがそうなりたいと思うとはかぎらない。さらに、これらの嘘には罪がないわけではない。なぜなら、こうした嘘には結果として失望がつきものだからである。さらにこうした嘘によって、もしも普通の仕事につくなら、手仕事をするなら、農夫や、主婦や、整備工や、大工になるなら、それは良い仕事ではないと子供たちが考えるようになるからである。

C・P・スノーは、一九五九年、「二つの文化」と題する講演において暗にこの問題に触れている。彼のコメントは、講演の欄外注に見られるものだが、おそらくこの講演の中では最も理解しにくい部分であるだろう。彼はこう述べている。産業主義の一つの結果は、「慎ましい仕事にたずさわろうとする従順で、賢明で、有能な人間がもはや残ってはいないということだ。……郵便局員や鉄道職員という仕事では、しだいに仕事の質が低下していくだろう。その理由は、かつては進んでそのような仕事につこうと思っていた人々が、今や別なことのために教育を受けるようになったからである」(p.104)。

＊

スノーがここで一般的に論じていることは、英国や他の西側諸国では、文芸の文化と科学の文化が共通の知識や共通の言語を失ったために分断されてしまったということである。彼の講演は――私には決して第一級のものだとは思えないが――今でも刺激的で役に立つものである。この講演の内容は、最初から議論を巻き起こすようなものであるが、この四十年ほどの出来事を振り返ってみれば、確かに疑問の点や必ずしも納得のいかない点も多々ある。しかしながら、彼がここで「二つの文化」について指摘していることは、偏見を取り去ってみれば、なおも有効なものである。「二つの文化」は分断されているだけでなく、それぞれの内部でも分断されているのだ。そして、このような分断の状態は今でも痛ましいものである。

ウィルソン氏は、スノーの「二つの文化」という主張を無条件に受け容れているように思われる。というのも、この分断された文化という言い方は、融合という手段によってあらゆる知的分野を再び統合しようとするウィルソン氏自身の計画を正当化するからである。しかしながら、独創性と技術革新つまり「目新しさ」を優先させ、最先端や地図に印されてはいない領土の発見を優先させようとすることについては、科学の文化と文芸の文化は今やかなり一致しているように見える。独創性と技術革新という点で、二つの文化はまさしく同じものを目指しているわけではないにしても、少なくとも重なり合うからである。

このように独創性と技術革新という点で、二つの文化が一致していることは、現代の企業化した大学組織（およびその価値観の体系）にほとんどの専門分野が組み込まれており、加えて、文芸の文化が科学の文化の力や、富や、名声をうらやましいと思っていることから生じている。科学の文化を優遇している現在の大学の仕組みを考えるなら、科学以外の専門が科学のようになりたいとか、科学以外の研究者たちが科学者のように、つまり独創的発見の英雄（少なくとも「人間精神を解放する」英雄）になりたいと考えたとしても、ごく自然なことだろう。なぜなら、科学以外の専門分野でも人間の知識や経験のフロンティアを探し求めており、最先端の社会科学、最先端の批判的理論、最先端の「革命的」芸術を巧みに操っているからである。

もしも知的生活にも経済というものがあるとしたら――知的生活でも限られた時間、エネルギー、注意力を配分しなければならないから、私はそれがあるはずだと思うが――そのような経済は他のどんなものとも同じく、重大な選択をすることによって成り立つものである。すべてのことを考えたり、読んだり、調べたり、学んだり、教えたりすることはできないからである。或ることを選択するとは、他の多くのものをあきらめるということである。或ることについてよく知っているとは、他のことについてはよく知らないか、もしくは全然知らないということである。知識は常に無知に取り囲まれている。その上さらに才能の点でもわれわれは互いに異なっており、天職という意味でも異なった職業が与えられている。これらすべては、どんな仕事や研究の分野にも何らかの専門があることを物語っているし、ある程度までは認められるものである。専門ということを無視して選択を行うことはできないということは、他に理由がなくても、われわれはみな生まれながらにしてある程度は専門化されていることによる。したがって、大学を専門分野の集まりや専門家の集団として組織することには、原則的には何ら異論はありえない。大学というものは専門化せざるをえないのである。

だが、それでもいくつか重大な疑問が残る。その中でも特に重大な疑問を挙げれば、次のようになるだろう。大学という、この専門家の集団は学びかつ教えるために「集められている」のだが、実際にそのようになっているか、言い換えれば、そのような集団では対話が成立しているか、ということである。対話が成り立つためには、共通の目的、共通の基準、共通の言語を持たねばならないだろう。そのような大学という集団は、良かれ悪しかれ、自分たちを取り巻くコミュニティ（地域社会）の一部であることを理解する必要があるだろう。そのためには大学が、自分のためであれ他人のためであれ、コミュニティの確かな健全さということを自分たちの仕事全体の主な目的としなければならないだろう。このことが大学にいる人々の共通の目的として認められるなら、大学ではあらゆるメンバー、あらゆる分野が互いに意見を交わす必要があるし、さまざまな分野から成る専門的基準が健全なコミュニティという一つの共通の基準に従う必要があるだろう。

しかしながら、大学ではそのようなことは起こらなかったし、実際には、その反対のことが起こっている。イギリスの農学者であったアルバート・ハワード卿は、彼の専門であった菌学《きんがく》から健康という「一つの大きな主題」に移行した。現代の大学の専門家は、アルバート・ハワード卿とは異なり、健全さということから離れて極端な細分化、コミュニティ内での分断、孤立した知的生活という方向に向かっている。専門家たちは中心となるべき興味を失い、共通の基盤から離れてますます外に向かっており、中心から離れれば離れるほど、ますますお互いに相手を理解しがたいものになっていく。そのような結果から生ずるものとして最も顕著なのは、独創性と技術革新を強調しすぎるあまり他のものを排除することである。この傾向は今やいたるところに広まっている。独創性と技術革新を強調することが大学当局の「機構」の中で進められていくうちに、このことが大学内のあらゆる生活に、直接的にも、実際的な面でも影響を与えていくからである。そして、このことが――イェーツが詩の中で語っている――人生よりも仕事を選択するようになるのであり、それがまた個人の生活だけでなく、コミュニティにとっても重大な犠牲を強いるようになるのだ。そして、これらの犠牲は、以下に示すように計算できるものである。

ウィルソン氏は、この『融合』という本の中で書いている。「おこがましいと言われようが、私は何年もの間、新たに生物学の博士号を取得した研究者たちに、こう助言してきた。大学での研究者の道を選ぶのであれば、教育やその他の事務的な仕事のために週四十時間は必要である。加えて、世間に認められるような研究を行うにはさらに二十時間、本当に重要な研究を完成するにはさらに二十時間が必要であると」(pp.55-56)。このように、ウィルソン氏は若い研究者に、標準として週八十時間の仕事を課しているのである。彼は休日については何も語っていないのだから、一週間のうち休日を含めて毎日十一時間半は働くと考えてみよう。何とこれは、毎日朝八時から夜七時半まで働くか、昼食に三十分かかるとしたら、毎日朝八時から夜八時まで働くことを意味する。一週間は百六十八時間であり、そこから八十時間を差し引くと、残りは八十八時間である。仮に若い、博士号を取得した研究者が一日に八時間の睡眠を取るとなると、そこから五十六時間差し引かれることになり、残りは三十二時間である。これは一日平均にすると四時間半である。彼もしくは彼女は、毎日、この四時間半の間に食事をしたり、掃除や買い物、家庭での雑用、通勤、読書、彼もしくは彼女たちの（かわいそうな）子供たちの世話をしなければならない。おそらく、残された時間が娯楽や家族との交わり、コミュニティでの交わりに参加するために利用されることだろう。

このように、人生を捧げる仕事や生活を犠牲にすることには、一種の感嘆の念を抱くべきかもしれない。一部の人々のこのような努力から、われわれがみな恩恵を受けていることは確かである。だが、別の人々の似たような努力から、われわれが害を受け、脅かされているということも同じく確かである。大多数の研究者がこのような仕事に駆り立てられるのは、実際には、ある程度まで一種の専門的職業に対する恐怖心のみから生じているということもありうる。つまり、研究者として業績を積まねばならないという恐怖心である。博士号を持った若い研究者や助教授たちは、大学では、「発表するかそれとも消え去るか」という、人為的な進化の危機に直面していることに気づいている。生き残るためには、「生産しなければならない」。というのも、大学での研究生活を送る上で大切なのは（ウィルソン氏がつけ加えているように）、「発見は無事に論評され活字になるまでは、存在していないのと同じことだ」（p.59）からである。大学での「終身的身分を約束された」教授たちはみな、少なくとも終身的身分になるまでは、「活字で発表できる結論を見出す」（p.64）ために、生か死かというプレッシャーの下にいたわけである。もしもレフェリーのある雑誌に掲載されないとか助成金に恵まれないために、研究者という木が倒れてしまうなら、その木が倒れる音が聞かれるだろうか。その答えは、現代の大学を運営する企業の重役まがいの人々の言い方にならって言えば、「否《いな》」である。つまり、何もなかったのと同じことである。

大学での、このような学問上のダーウィン主義とも言える生存競争は、それを勝ち抜いた人にも、敗れた人にも過酷な不利益を与えている。というのも、いずれの立場に立つにせよ、研究者たちは、「生産性」によって大学での研究生活が厳しく評価されるという、完全な経済システムに従わねばならないからである。ということは、若い研究者たちは自分自身を奴隷化するような形式に従っているということだ。少なくとも終身的身分になるまでは、若い研究者たちは、「時間＝仕事＝独創的発見＝研究成果」という、大学によってあらかじめ決められた生活習慣に合わせて行動しなければならないからである。したがって、若い研究者たちの心には、確実に職業的専門家としての基準が支配的になり、それ以外のどんな基準も消滅していくことになる。かくして、現代の大学では、研究者はますます服従を強いられるようになるのだが、この服従とは、若い人々に古い人々の知識を引き渡す教師や学者の共同体という、真なるものを学びかつ教える大学の理想に従うことを意味するのではない。そうではなくて、高い生産性や絶えざる技術革新という、産業主義経済の理想に従うことを意味しているのだ。ここで問題なのは、つらい仕事やまじめな研究――これはどんな学校にも期待されるのにふさわしいことだが――に異議を唱えるべきだということではない。むしろ問題は、学校を工場に変えたり、それほどまでに努力する目標や基準として、独創性とか技術革新以外のものを認めようとはしないことにある。ウィルソン氏は自然保護論者としては現在の経済システムの影響をひどく嘆いているけれども、実際には若い研究者にアドバイスするにあたり、まさしく、現在の経済システムの要求に見合った教育システムを擁護するのを助けているのだ。彼の言う「最先端」とは、批判的でも、根本的でも、知的な意味で勇気があるということでもない。今や科学の最先端は、基本的に製品開発の最先端と同じものだからである。大学で生産性や技術革新が強調されるということは、本質的に、大学が古くからの因習にとらわれており、自己防衛的になっているということである。これが大学の現状なのである。現代の大学が目標としているのは技術革新であって、それ以外ではない。このような大学のシステムが存在するのは、「学問の自由」ということから、企業や政府や大学当局にとって都合の悪い驚きが生まれないようにするためなのである。

独創性と技術革新という点において、現在の科学と産業経済との間に類似点があるということは、実際には、企業に都合の良い科学研究には多額の研究資金が必要であり、結果として、科学者が企業というパトロンに依存せざるをえないということによる。ウィルソン氏は、「歴史を通じて、科学は芸術と同じく常にパトロンたちに従ってきた」(p.93)と書いている。私は、一部の科学者たちが仕事において、「パトロンに従う」ことがなかったことを知っているし、パトロンに従わなかった芸術家たちがいたということも知っている。だが、ウィルソン氏がここで述べていることは、一般に、現代の科学には当てはまるだろう。この本の一五七ページで、そのことをウィルソン氏はさらに詳しく述べている。彼によれば、「科学研究を行う上での大原則とは、これなら資金が集まるという研究の雛形《ひながた》(paradigm)を見つけ出すことであり、同時に自分のアイデアが攻撃されたなら、あらゆる分析の手法を用いてそれを撃退すること」だからである。このような原則に従うなら、いかなる仕事をすべきかは、事実上、資金を提供するパトロンが命ずることになる。だとしたら、その仕事をすべきかどうかを自ら判断したり、もしくはコミュニティのメンバーであることに基づいて判断するような科学者は、ウィルソン氏が述べているような研究からは締め出されてしまうだろう。このことは、科学者を人間関係や環境面でのまわりの状況から切り離すことになる。つまり、そのような科学者は、自分の仕事が影響を与えるであろうし、またその仕事について判断するために一つの基準を与えるはずのまわりの状況から切り離されることになる。かくして、そのような科学者は、パトロンに従うという原理によって、予算獲得の活動の中で孤立することになる。だとしたら、このことが、盛んに吹聴される〈真理の探究〉という大学の目的とどのように関係するかは、研究資金がどこからやって来るか、また資金提供者が何を期待しているかを知るまでは、研究者には決定できないことになる。いかなる真理を探求するか（またどの程度探求するか）、その研究がいかなる範囲に影響を与えるか、またどのような影響を与えるかは、資金提供者が決定することになるだろう。そうなれば、たとえ科学者が或る研究の雛形によって助成金を得るのに成功するか失敗したとしても、別の雛形によって別のパトロンを見つけることに関しては、おそらくその科学者は自由であるということになるだろう。

「本当に重要な研究」に自己を捧げる体制の中で週八十時間働くような、若い、博士号を取得した研究者たちは、自分たちのコミュニティについて知る時間がないだろう。ましてや自分たちの仕事がコミュニティの健全さにどんな影響を与えることになるかを考えたりはしないだろう。彼らは、技術革新によって常に生じてくるさまざまな問題に立ち向かう時間もないし、そのために必要な批判を行う時間もないだろう。さらには、自分の学生たちについて詳しく知るための時間も、うまく教えるように工夫するための時間も実際にはないだろう。われわれの教育システムが「独創的発見」とか「本当に重要な研究」を優先させ、それに見合う報酬を与えている（昇進とか給料のアップ、終身在職権、出版、賞、助成金）のだとしたら、それだけ教師たちには教えるための意欲がそがれるだろう。より簡潔に言えば、教師が自分たちの経歴や生計を支えるものがほとんど研究次第だと気がつくようになれば、ほとんどの教師は教育の時間をかすめて研究にまわすようになるのは目に見えている――合理的に考える人間なら、まさしく誰もがそう思うだろう。

ところで、どう考えてみても、教えるということは技術革新を崇拝することによってはうまくいくはずがない。新しいものに心が奪われて、ますます古いものの価値を低く見たり、古いものを放棄するようになるからである。しかも、この古いものとは、教えることの主題であることにまちがいはない。たとえ科学の目標が技術革新にあるとしても、科学は技術革新だけから成り立っているわけではない。科学はこれまでになされたこと、これまでに知られていること、これまでに考えられたことから成り立っているのであり――それはちょうど、いわゆる人文科学が古いものから成り立っているのと同じことである。そして、ここでわれわれは一つの奇妙で難しい問題に出会うことになる。それは、過去は過去を尊重しない人々によって教えられるか、また過去を尊重しない人々にとってそもそも過去は知られうるか、という極めて現代的な問題である。新しいものが絶対的な優位に立つとみなされるなら、古いと言われるものを学んだり、教えたりすることができるだろうか。この点についても、ウィルソン氏が語っていることは、先に見たような、まったく型通りの保守的なものでしかない。ウィルソン氏は、自ら現代科学の始まりと信じている啓蒙主義以前には歴史がなかったのだと、本気でそう思っているのだ。科学以前の文化について簡単に片付けようとして、「科学以前の文化は常にまちがいだらけである」と語っている。彼によれば、科学以前の文化は「実在の世界」については何も知らなかったし、「見事に作られた勝手な思い込みや神話をこしらえる」ことができたにすぎない。またこうも言われる。「物理学や化学や生物学という自然科学の認識装置や知識の蓄積がなければ、人間は認識の牢獄につながれたままでしかない。そのような状態では、人間の知性は、深くて暗い、陰のある水たまりに生まれた魚のようなものでしかない」(p.45)。私は、ウィルソン氏がこのように述べていることがいかに無慈悲なことかに、彼自身気がついていないのだと思う(あるいは何とかしてそのことに気づいてほしいと思う)。というのも、このように述べることで、彼は人間の歴史の大部分、人間の生活や文化遺産の大部分をいとも簡単に捨て去ってしまうからである——あるいは、自分が住んでいるこの世界を、何と小さな、何とたいくつなものにしてしまうのか、ということに気がついていないのだ。宗教や神話という「認識の牢獄」から逃げ出すために、彼は、唯物論や還元主義的認識という牢獄に自らを委ねてしまっている。まさしく聖書の創世記と同じく、ウィルソン氏の『融合』は説明できることだけを説明しているにすぎない。だが、創世記とちがうところは、『融合』が神秘的なものを一切認めないことであり、自分が説明できないか気に入らないものは何でも簡単に排除し、歴史的には何もなかったかのように消し去ってしまうことである。そして、『融合』が消し去っていることの一つは、このような知的な自己満足と横柄な態度によって、世界中の科学以前の文化とその故郷をひどく傷つけてきたし、今なお傷つけているということである。

ウィルソン氏はまた、こうも述べている。「こう言っても失礼にはならないと思うが、科学以前の時代の人々は、生まれつきのすぐれた精神を持っているかどうかには関係なく、目に見えるがままの、常識的な狭い世界に住んでいたのであり、そのような世界を越える物理学的実在の性質についてはは考えることができなかった。……聖なる山の山頂でのシャーマンの呪文であれ、断食であれ、それによって電磁波スペクトルを呼び出すことはできない。偉大な宗教の預言者たちは、このスペクトルの存在については知らずじまいであった。その理由は、秘密主義の神のせいではなく、人類が苦労の末に獲得した物理学の知識を持っていなかったことよる」(pp.46-47)。ここできちんと考えてみなければならないのは、未だかつて、預言者が電磁波スペクトルについて知る必要があるなどと考えるような人物が、はたして独創性の持ち主であったかどうかということである。この点について答えるには、次のような寸劇を思い浮かべてみてもよいだろう。

預言者イザヤ　(空中を指差し、およそ現代の聴衆の歴史的優位など認めていないかのように)その声は言う、泣きなさいと。そこで彼は言う。何のために私は泣かねばならないのか。生きとし生けるものは草であり、そこから生まれるすべての良きものは、野の花のようだというのに……。

エドワード・O・ウィルソン　(幾分感動しているが、それにもかかわらず「進化論的進歩」に貢献すると、断然心に決めているかのように)ですが……。あなたの言われることももっともですが、あなたは電磁波スペクトルの存在について知っていますか。

——幕——

＊

たとえウィルソン氏が「人類の無限の進歩の可能性」(p.8)を信じていたとしても、その気になりさえすれば、正しい意味で謙虚になりうるはずである。例えばこの本の九八ページで、ウィルソン氏は、「進化論的進歩は明白な事実である」と述べている。そのような進化論的進歩ということが、彼が言うように、「生物や社会が時間の経過とともにますます複雑に枝分かれし、ますます自分で自分をコントロールするようになる過程で生み出される」ものだとしたら、さらに、「そのように枝分かれしていく過程には、少なくとも常に後退の可能性もまたある……」のだとしたら、われわれとしても彼に感謝したい気持ちになるかもしれない。だが、実際には、ウィルソン氏はそのような後退の可能性など全く気にとめていないし、そこで思いとどまるということもない。後にウィルソン氏は、「無文字時代の人間」という主題に戻って、「人類が未来において成るであろうものに比べれば、現在のわれわれはなおも原始時代の状態にある」と述べている。しかしながら、この文章に続く箇所では、いかにもウィルソン氏に特徴的なことだが、人間の無知がいかに大きなものかを認めながらも、急いで過去を素通りして、無知についてはすぐさま忘れてしまう。「とはいえ〔強調は筆者〕、知識の大きな溝は埋まり始めている。……知識は地球的規模で拡大し続けている。……いかなる人間も学問的訓練を積むなら知識を取り戻すことができるし、いかなる知識もますます強力なものにすることができる。空間的には分子レベルから生態系まで、時間的には百万分の一秒の単位から数千年の単位まで、知識による説明をつなぎ合わせることができる」(p.236)。かくして、あたかも彼自身の計画がすでに実現しているかのように、こうも言われる。「今や科学と芸術を結びつけることで〔つまり融合によって〕、われわれは知識による説明をすでにつなぎ合わせているのである」(p.237)。ここには、いかなる疑念や疑問も入り込む余地はない。

実際に後退の可能性があるとは考えられていない。知識について、一方では知識が集積されることもあれば、他方で失われていく可能性があることは何ら認められていない。まして知識がまちがった方向に用いられるかもしれないなどということは、どこにも示されていない。

知識がまちがった方向に用いられるかもしれないという考えは、時にはウィルソン氏の頭をかすめることもあるが、彼は心の底からその可能性を受け止めるようなことは決してない。彼の心の中にあるのは、今や新しいものが古いものに置き換わり、古いものが無効になるのは必然的だと信じている世間一般の大多数の人々と同じものである。理由は、新しいものはいつまでも増え続けるデータの蓄積から生ずるし、新しいものが古いものよりすぐれているのは当然だとみなされているからである。未来の軌道はすでに遺伝子によって（あるいは科学技術や経済によって）決められているのだから、われわれが過去の軌道を破壊しながら前進するのは全く正しく適切なことだというわけだ。このような考えは、新しいものによってどれほど古いものが犠牲となったか、どれほど失われていくものがあるのかを実際に数えずに、それらを無視し続けるかぎりでは、強固で、楽観主義的で、われわれを安心させるような教えである。

*

科学が、大学のシステムの要求に応じて、まるで強迫観念に取り付かれたように独創性と技術革新を夢中になって追い求め、技術の進歩や産業や企業の経済活動に仕えるようになるとすれば、他方、「文芸の文化」（C・P・スノーの言葉を用いて言えば）は、「科学・技術・産業」が一体となった計画に暗に賛成しながらも、それ自体は何ものにも役立つものではないという超然とした態度をとるようになる——例外はおそらく、言葉の上で「差別的表現を用いない」というイデオロギーであり、これは、どこにでも当てはまる当然のことを述べているにすぎない。その上さらに「文芸の文化」は〈読み・書きの能力〉としてさえますます役に立たなくなっている。ところで、この〈読み・書きの能力〉は、大学では英語・英文学部の学生に専門として求められてきたものであるが、その学部の一年生に専門科目のプログラムとして課せられている。だが大学全体として見れば、〈読み・書きの能力〉を必須科目とはみなしていない。もしも一年生向けの英語・英文学の教師だけしか、文章表現の技能や能力を求めないとしたら、すなわち、実際には他のすべての科目の教師が学生に文章表現の課題を求めないとか、成績評価のさいに「内容に関すること」だけしか対象にしないとすれば、これでは明らかに、学生にとって文章表現の能力は重要ではないし、必要ではないということになる。そして、大多数の学生はそう考えているのだ。

英語・英文学部でも他のどの学部とも同じく、教師たちは出版可能な書物や論文を「生産する」という恐しいプレッシャーの下で仕事をしているので、作文の授業を大学院の学生に任《まか》せたり、そのための方法や技術の専門家である、ごく一部の限られた教師にこの授業を割り当てねばならない。他方、大多数の英語・英文学の常勤教師たちは、文法とか、句読点とか、文の構造からはまったくかけ離れた事柄に関心を持っている。結果として、私自身の経験や見てきたことからも分かるように、公立学校での英語教師の資格として、論理的に一貫した文章を書いたり、句読点、名詞と動詞の一致、単語のスペルなどについて充分に正しく知っていることは必須事項として含まれていないのである。よって、このような英語教師の資格を持つ人たちが自ら進んで英語圏の文芸の歴史や伝統について充分なセンスを身につけようと思うことなど決してありえないだろう。別の例としては、多くの職業的ジャーナリスト、「通信社の記者たち」の言語能力がほとんど言語とは言えないほど貧弱なものになっており、さらには新聞編集の仕事や、出版社の編集の仕方もますますいいかげんなものになっていることが挙げられる。

英語・英文学部の教師や学生たちの間でも、進歩と新しいものに対する信仰は、独創性や目新しさ、書物や論文の出版、学生を惹きつけるような魅力ある授業というプレッシャーといっしょになって、この学部全体をまるで流行に敏感な人々や流行に流されやすい若者の集団のように変えてしまっている。今では、大学で文学を「専門にする」とは、或る批評の形式から別の形式へ、或るイデオロギーから別のイデオロギーへと流行のように変わっていくことでしかなくなったかにも見える。これではまるで、「革命的」な科学のまねをしながら、たえず自分を「変革」せざるをえないという痛ましい姿にしか見えない。その間中もずっと、こうした専門家たちによって、無味乾燥で難しい専門用語がぎっしり並んだ、「出版可能」ではあるがほとんど読むに耐えない論文が発表され、書物が出版されているわけであり、中には得意になって自分の論文や書物の内容の難解さや曖昧《あいまい》さを売り物にしたり、わざわざそう見せかけているとしか言えないものもある。このことは、おそらく、そうした作者の個人的欠点とみなせばそれですむというような単純なものではないだろう。これは今日の大学の誤った研究システムの欠陥なのである――にもかかわらず、これは多くの人々がどう見ても反対できないようなシステムの欠陥、誰もそれに対して効果的に反論してこなかったシステムの欠陥である。大学では、それぞれの学部の代表からなる評議会に対話というものはなく、ましてや自己批判ということはありえない。そうした専門家のシステムから生まれる最大の危険性は、大学での学問研究に対する批判を排除し、批判をする者の基盤を奪ってしまうことである。

*

科学の独創性と技術革新は、おそらくコミュニティにとっても危険なものであるだろう。その理由は、新しいものが必ずしも本質的に良いものだとは限らないし、さまざまな科学の分野が自分たちの仕事を判断するさいに、もっぱら専門的基準だけを用いるようになるからである。要するに、本当の意味での批判はなくなるのだ。（アメリカの詩人エズラ・パウンドのすぐれた指摘によれば、何かを根本的に批判するとは何かを選ぶことである）（Ezra Pound, *ABC of Reading*, p.30）。したがって、科学に対する批判がなくなれば、科学の「進歩」によってもたらされる積極的部分からその否定的部分を差し引くことは、誰にもできなくなってしまう。それだから現代では、以下のような、エルヴィン・シャルガフの言葉を口にする科学者は決して多くはない。「すべての偉大な科学的発見は、……人間が失ってはならないものを永久に失ってしまうようなところを含んでいる」（*Heraclitean Fire*, p.104〔邦訳前掲書、一七五〜一七六ページ〕）。さらに、彼は、原子爆弾による広島や長崎の爆撃、「ドイツのユダヤ人絶滅工場」という大惨事において、現代科学が間接的に果たした役割に正面から立ち向かうように、こうも述べている。「ナチスの優生学上の実験は、……科学における機械論的思考の一つの結果であり、この同じような思考様式が外見上全く異なった形で現れたときには、多くの人々がそれを現代科学の素晴らしい成果と讃えている。このような機械論的思考法は、現代科学の成果にも大きな貢献をしてきたのである」

（*Heraclitean Fire*, pp.3-5〔邦訳前掲書、三〜六ページ〕）。

「文芸の文化」でも独創性と目新しさを主な目的とみなすようになるなら、知的流行を優先させることで、文学や文化の伝統的価値を低いものとみなすようになり、それによって、直接コミュニティを攻撃するようになる。新しいものに目がくらんで古いものには目もくれぬようになり、自分たちの祖先は自分たちほどより良い未来に恵まれていなかったのだと考えて、彼らを哀れむようになるからである。しかしながら、「文芸の文化」においても、独創性に対する信仰はかなりの数の出来の悪い作品、つまり本当に独創的とは言えない多くの作品を生み出してきたように見える。本当に独創的な作品に代わって、どちらかと言えば流行を追う作品や画一的な独創性を身につけた作品が次々と生み出されているのであり、言葉の上では「差別的表現を用いない」ことが、文学でも知的な意味でも最先端になる。

だとしたら、新しいものを崇拝したり、独創的なものを賛美することが、われわれにとってはエズラ・パウンドが語ったものと同じものかどうかが、われわれにとっては気がかりなことである。事実、気がかりなことである。事実、パウンドは、作家は「それを新しくする」べきだと語っているが、そこで手本にしていたものとはおそらく伝統であっただろう。「それを新しくする」(make it new) ということは、安易に考えれば、古いものを退けるべきだととられかねない。だが、彼が意味していたのはそういうことではない。パウンドは、この語句の最初で、動詞の「する」ということに (make) という言葉を当てている。つまり彼は、つい最近までいかなる詩人も実際そうであったように、英語の「詩人」(poet) という言葉はギリシア語では「作る人」(maker) を意味していることを知っているのだ。何かを作るためには、いかに作るべきかを知らなければならない。では、どのようにしてそれを学ぶのであろうか。それは読むことによってである。パウンドにとって、いかに書くかということは、いかに読むかということと同じだった。書くことを学ぶためには、何が書かれているか、またいかに書かれているかを、かなりの量にわたって学ばねばならない。したがって、「それを新しくする」という語句の中にある〈それ〉(it)という代名詞は、まずもって文学的伝統の遺産を指していると言える。言い換えれば、文学が意味しているのは、文学的伝統を再び新しいものにすることであり、現代の状況や現代の要求にふさわしく新たに適用できるものにしなければならないということである。要するに、新しいものは必ず古いものからやって来るのであり、それ以外に新しいものを手に入れる方法はない。だから、新しいものは、どう考えても古いものを軽蔑したり、単なる野心から手に入れることはできない。パウンドの作品は、まともな意味で、自分が読んだものを大切にし、常にその有効性を確かめることであったのである。

　だが私は、パウンドはそれ以上のことを言おうとしていたのだと思う。『読書のABC』という本には、「それを新しくする」ことについての注釈と思われる文章があるが、そこで彼は次のように書いている。「或る作品が古典であるのは、一定の構造的規則に従うとか、決まった定義に合っているからなのではない。……永遠なもの、あふれるような新鮮さのゆえに古典なのである」(pp.13-14)。さらに次のような言い方もある。「偉大な文学とは、簡単に言えば、最大限の深い意味が込められた言語のことである」(p.28)。(この文章で彼が〈新しい〉(new)という形容詞を用いていないことに注意すべきである。)さらにはこうも言われる。「文学とは本当のニュースをとどめているニュースである」(p.29)。だとしたら、文学の仕事は文学自体を再び新しくするだけでなく、この世界とわれわれの経験について永遠に新しいものを感ずるわれわれの感性(sence)を再び新しくすることでもあるということだ。つまり文学の仕事とは、永遠に新しいものが持っている〈新しさ〉について、われわれの感性を再び新しくすることなのである。

アナンダ・クマラズワーミィは、パウンドよりも一層体系的に芸術的伝統に取り組んできた研究者であるが、彼が〈それを新しくする〉という主題について書いていることも、ここでは役に立つ。すなわち、「観念というものは誰の所有物ということもない。なぜなら観念は精霊（the Spirit）の贈り物だからである。観念を個人の才能と混同してはならない。……たとえ［ある観念を］他の人々がすでに何度も〈用いて〉きたとしても、さらにはある観念に自分を合わせて、それを自分のものにすることで独創的な仕事をしようとも、自分自身の観念や意見だけを表すことで独創的な仕事をするのではない」（Ananda Coomaraswamy, *Chirisitan and Oriental Philosophy of Art*, Dover, 1956, p.38）。そしておそらく、彼が次のように述べていることも、ここでは一層役立つだろう。「何かが実現されるとき、そのテーマが感じられ、芸術が生きているとき、そのテーマが古いか新しいかは……何ら重要ではない」（*The Transformation of Nature in Art*, Dover, 1956, p.35）。以上のことから、まさしく明らかなのは、文化というものが、新しくも古くもないものを再び新しくするという常に困難な芸術的技巧を捨て去り、その代わりに流行として「新しい」とか、たまたま偶然に「新しく」見える技巧を追い求めたり、ただ単に芸術家の「独創性」を表すにすぎない技巧に走るようになれば、そのような文化は質的に堕落するということである。

＊

「独創的発見がすべてである」と考えている科学者たちは、「科学研究の自由」ということで自分たちの仕事を正当化している。それはちょうど「文芸の文化」で独創的であるとか、革新的であるつもりの人々が、「言論の自由」とか「学問の自由」ということで自分たちの仕事を正当化しているのと同じことである。さまざまな芸術や科学に見られる野心は、これまで何世代にもわたり慣習的に自由について語ることで自分たちの立場を擁護してきた。だが、自由がひとりでに生ずるものではないし、自由が自由だけで存在するものではないと述べたとしても、決して自由の価値を損なうことにはならないだろう。もしも自由が長続きすべきであるなら、あるいは自由が重要な意味で存在すべきであるなら、まちがいなく自由は責任ということについても答えねばならない。長い間、「二つの文化」の独創性と技術革新(目新しさ)を追い求めてきた人々は、自由をあまりにも拡大解釈してきたのであって、その過程で責任ということについては大きなツケを負わせてきたからである。そして、その責任という負債に対してはほとんど借りを返すことはなかったし、ましてや約束手形すら発行されないほど無責任であったからである。

自由に対する責任という負債を返そうとするなら、唯一それが可能となるのは、わわわれの生活において環境と文化の健全さを尊重する思想や、仕事や、尊敬や、愛情をもって行動することであるだろう。そのような環境と文化の健全さという観点から見て(あるいはそれが一時的なこともあるだろうが)われわれの仕事や自由について考える上で条件となるのは、人間の行動にはすべて結果や影響が伴うということである。だが、現代の独創家を自認する人々の場合、これまで誰一人として結果が出る前に自分の行動を思いとどまることはなかったというのが、一般的に正しいことと言える。というのも、これらの独創家たちは（彼ら自身の理解によれば）、独創的な仕事をすることだけを目的としてきたからである。これは専門化ということを極限にまで推し進めた考え方であり、道徳的意味では愚かなことである。なぜなら、或る独創的な仕事によってもたらされる結果が、ただ単に別の専門家による独創的な仕事の原因としてしか考えられていないからである。かくして、あらゆることが〈問題から解決策へ〉という一つの方向でしかとらえられなくなるのであり、これでは異常な思い込みとしか言いようがない。

当初から、「科学・産業・技術」が一体となった計画には、その計画を拒否しようとする伝統があったことも事実である。例えば、ウィリアム・ブレイクが語った「暗い悪魔の工場」に対する憎悪とか、ワーズワースが直観的に、「われわれは解剖するために殺人を犯している」ととらえた認識は、後の人々の仕事や生活を通して今日まで伝えられ、科学者や芸術家の間にもそれを受け継ぐ人々を見出してきた。では、彼らが心配していたものとは何であっただろうか。私が思うに、それは世界を説明したり、支配したり、利用したり、世界を売り物にするといったことにますます拍車がかかるようになれば、われわれはこの世界のあらゆるものの健全さや神聖さ——それを「新しくする」ことこそ、われわれの最も崇高な義務であるというのに——を破壊してしまうだろうということであった。

ヒトラーの軍隊がプラハに侵攻した日の翌日、当時、その町に住んでいたスコットランドの詩人エドウィン・ミュアは、彼の主宰する雑誌にある覚え書きを載せているが、それは、モンテーニュが四百年以上も前に書いているのと同じような嘆きを思わせる。モンテーニュはこう書いている。「なんと多くの良い町が戦利品を求める人々によって破壊されたことか。なんと多くの国家が破壊され、荒廃したことか。なんと無数に多くの罪のない人々が性別、地位、年齢にかかわらず、殺戮され、略奪され、虐殺されたことか。さらには、なんと多くの世界中の最も豊かな場所、けがれのない、最も良い部分がめちゃくちゃに破壊され、失われたことか。これらはみな真珠とコショウのためだった。ああ、なんという機械的な勝利、なんという卑しむべき征服であることか」(*Essays*, Everyman, Vol.3, p.144.〔関根秀雄訳『随想集』下巻、新潮社、一九七〇年刊、九七六ページ〕)。同じく、ミュアは書いている。「英国によって踏みにじられ、腐敗させられ、破壊されたすべての先住民族や先住民の人々、彼らの簡素な生活様式を考えてみよ。……これらは商業の進歩という名の下に破壊されたのだった。かつては価値があり、かつては人間的であったすべてのものが、今では死滅し朽ち果ててしまった。十九世紀の思想は、機械が道徳的な力であると考え、機械が人間をより良くすると考えてきた。だが、蒸気エンジンのおかげで、人間は良くなったであろうか。ヒトラーがプラハに進行したことは、これらすべてのことと結びついている。過去百年を振り返るなら、われわれが得たものよりも失ったものの方が多いし、失ったものは価値あるものであり、得たものは価値の乏しいものである。なぜなら、失ったものは古いものであり、得たものは単なる新しいものにすぎないからである」(Edwin Muir, *The Story and the Fable*, Rowan Tree Press, 1987, p.257)。

C・S・ルイスは、第二次世界大戦という、科学による大惨事の陰に隠れるように仕事をしながら書いている。「人間の遠い未来の運命という夢、つまり人間が神でありたいという古くからの夢だけが、まだ完全に息の根を止められていない、浅い墓場の中から引きずり出されつつあった。そして、解剖室や病理実習室での実験を通して、進歩のためには、人間の深いところにある嫌悪感の息の根を完全に止めることが真っ先に必要だという確信が生み出されつつあった」(C. S. Lewis, *That Hideous Strength*,

Macmillan Paperback, 1976, p.203)。

同じ頃、アルバート・ハワードは農業における科学の役割を改めて考え直して書いている。「農業研究が、一般の人々には意味の分からない秘教的態度をとり続け、自分たちの研究が彼らの役に立つはずだとする一般の人々や農夫たちよりも自分たちが一段と高いところにあるものと考えて、さらには高等数学という難解な天上の世界に逃《のが》れながらさんざん失敗を繰り返しているというのに、それでも無意識にそれを覆い隠そうとするのは実に重大な問題であり、社会全体の良心に関わる問題である。この道の権威ある人々〔ここでは「農業研究者」〕は〈自然〉(Nature) の法則を解明するという仕事を放棄し、自然に対する友好的な判事という立場を失い、今や最も熱心な農業の擁護者として語ることすらほとんどなくなってしまった。農業研究は見捨てられた死骸を撮影するのにも似た、二流のつまらぬ仕事に堕してしまったのだ……」(Sir Albert Howard, *The Soil and Health*, Schocken Books, 1972, p.81)。

さらに、エルヴィン・シャルガフは、後に自伝的瞑想録の中で自己の良心の危機の時代と呼んだ第二次世界大戦の勃発に際して、科学のたどった道を振り返りながら書いている。「見事な、想像を絶するような精妙《せいみよう》なつづれ織りはばらばらにほぐされつつある。撚糸《よりいと》は一本一本ひっこぬかれて分析の手にかかる。そして結局は、最初の模様がどのようなものであったかさえ、忘れられてしまい、二度と戻っては来ない」(*Heraclitean Fire*, p.56〔邦訳前掲書、九六ページ〕)。

実際、産業革命と呼ばれる「科学・技術・産業」の進歩には、その初めから一方で科学を信頼していた人々、すなわち科学が進むにつれてあらゆる問題を解決し、あらゆる疑問に答えてくれるだろうと予測していた人々がいたのに対して、他方で喪に服していた人々がいたということもまた簡単に退けることはできない。そのような科学の進歩を嘆く人々の間には、極めて高い知性と教養を身につけた人々も含まれていたのであって、そうした人々は単に科学以前の時代への郷愁とか、科学に対する反発、科学に対する迷信じみた恐怖からそう語っていたのではない。彼らは、充分な知識と充分に考えぬかれた結果として、文化というものに答える意味から語っていたのである。

では、彼らが科学の進歩ということで恐れていたものとは何であっただろうか。ルイスの言う、「人間の深いところにある嫌悪感」とは何であったのか。彼らは何を嘆いていたのだろうか。彼らが恐れ嫌悪していたのは、まちがいなく、ものごとをあまりにも単純化してとらえようとする冷酷な功利主義であり、そうした冷酷な功利主義による生命に対する冒瀆《ぼうとく》であったと思う。彼らが恐れていたのは、生き物や場所、コミュニティ、文化、人間の魂が全体として生き生きと健全に保たれている状態が破壊されることだった。人間という種には古くから道徳や規範が課せられており、そのことが失われるのを恐れたのだった。そのような道徳的・規範的定義に従うなら、人間は部分的には神と獣《けだもの》という両方の性質を持っているけれども、人間は神でもなければ獣でもないということである。彼らが嘆いたのは、科学の進歩によってもたらされる地球の死であった。

「土地研究所」のウェス・ジャクソンは、かつて原子力産業と遺伝子工学の産業を念頭において、「われわれは核には手を出すべきでない」と語ったことがある。私がこれを思い出すのは、この言葉で彼が言わんとしたのが科学的知識ではなく賢明な本能、つまり直観だと感じたからである。直観は人間の間でかなり共通に与えられたものであり、この直観によって、ある種のものが人間には禁じられており、立ち入り禁止、考えることができないもの、なじみのないもの、人間にとってまさしく異質なもの

(strange) と呼ぶのにふさわしいし、またそうあるべきだと感じたからである。さらにそのことを思い出すのは、「核には手を出さない」ことが私自身の本能的な願いであったし、私自身十分承知しているように、この願いがそれだけではまだ充分な内容にはなりえなかったからである。多くの一般の人々にとって、現代科学の苦境を意味するのにこれ以上にふさわしい例はない。というのも、現代の科学者たちは、頼まれたわけでもないのに万人の代理として仕事をしているからである。おそらく圧倒的大多数の人々は「核には手を出さない」ことを選択しただろうが、実際には、これは大多数の人々が自分では選択しなかったことである。ごくわずかの科学者だけがその道に進むように決めたわけだが、とはいえ彼らは万人のために、そう決めたわけである。このような「科学研究の自由」が、直ちに、企業および政府とか、企業もしくは政府による経済的利用の自由へと形を変えられてしまう。このようにして、独創性を求める人々や、それを経済的に利用する人々の自由が、事実上は、それ以外のわれわれすべてを科学の進歩という方向に力ずくで引きずり込み (abduction)、その中に閉じ込めてしまうわけである。こうなれば、アダムは全人類の最初の人間として選ばれたが、もはや最後の人間とはみなされなくなってしまう。

かくして専門家のシステムは、職業的専門家としての基準のみを用いることで、社会から孤立してしまう。このようなシステムの下では専門家に圧倒的な力が与えられているが、それによって専門家は自分の仕事を判断する上で、唯一絶対的な権威者として振る舞うか――別の専門家の場合には、仕事の必要性やその理由を判断する上で、唯一自分自身だけが道徳的判断を下す人間だとみなすようになる。もちろん、このように道徳的判断を社会から切り離し、孤立させる考えは、研究のパトロンを受け容れるのに先立っているにちがいない。独創性を専門家の美徳とみなすことは、独創的な仕事をする人々をあまりにも過大に評価し、過大な力を与えることになるが、同時に、彼らは社会的にも道徳的にも孤立してしまうのである。

＊

「文芸の文化」の内部でも、まさしく科学と同じように専門家は孤立しているように見える。実際、彼らはまた孤立することを望んでもいるのだ。もちろん、文芸の専門家たちの仕事は、実際に科学者ほどには直接的な影響を与えるわけではないが、それでも長い目で見れば、同じように個人やコミュニティの分断に影響を与えることになり、その影響は科学と同じく深刻なものである。

芸術がこれまで、技術革新に走る科学の名声や劇的な成果、科学が人々を魅了するのをうらやましいと思ってきたことは、長期にわたって続いてきた「実験芸術」という流行からもうかがい知ることができる。「実験」という言葉は科学以外の場所ではあまりなじまず、あまり好まれない。科学では実験に失敗してもなおも科学であるが、芸術での実験の失敗というのは、いかなる場合であれ、芸術とは言えない。芸術での「実験的行為」は、それが誤った呼び名であるかどうかはともかく、芸術家の間に見られる、科学の「最先端」という英雄的行為に対する憧れを示していることは確かである。

芸術に最も近い科学と言えば、心理学、とりわけ精神分析学であろう（いずれにしても、多くの芸術家の意見ではそうなる）。「心」の研究は、厳密な意味ではまさしく科学そのものではないが、心という題材は芸術に固有のものであり、芸術家の間で意識や「無意識」の心理学がいかに魅力的なものであったかを理解するのは難しくはない。「意識の流れ」を描き出すのに心理学の手法を模倣するという考えは初期の小説家に見られたし、精神分析学者の方も、芸術家が夢に魅了されるという古くからの考えを受け継ぎ、それに刺激を受けたのであった。

おそらく、現代の芸術家たちが心理学から多くのヒントを得たことで、「独創的発見」という科学の目標から、芸術、とりわけ文学における〈個人的なものの暴露〉という目標が生み出されたのだろう。二十世紀の作家たちの関心が、一般的には、以前よりも一層個人の生活や個人の内面生活に集中しており、それらを身近にとらえ、ある意味では一層はっきりと言語に表現しているということは当たっている。大雑把《おおざっぱ》に言えば、テニスンの「ユリシーズ」とエリオットの「J・アルフレッド・プルーフロックの恋歌」〔深瀬基寛訳『エリオット全集』第一巻、中央公論社、一九八一年刊、五～一四ページ〕の間にはちがいがあり、エリオットの場合、人間が自己自身をどのようにとらえているかについての新しい鋭さ、一種新しいタイプの熱心さがある。

架空の人物についての個人的なことや内面性の歴史に対する関心と並んで、新しく登場したのが実在の人物の私生活を暴露することへの関心である（私には、それがどのような因果関係にあるのかは理解しかねるが）。実在の人物の私生活を暴露すること、すなわち伝記や「告白詩」という形で、あるいは実際の生活や出来事を「フィクション」として語ることが、今では習慣や常識になっている。最も奥深いところにある内面生活が露《あらわ》にされ、極めて個人的な事柄が細部にわたり他人の目にさらされるということは、まさしく解剖（これが意味するのは解体することである）とか、検死（これが意味するのは本人であることの確認である）にも似たようなものになることを意味する。現代の「文芸の文化」の主な独創性の一つは、個人のプライバシーに侵入して、それを出版可能にすること、そうした出版がおよそ法律上の罪に問われないということの発見である。フィクションや詩、伝記、ジャーナリズム、芸能界、最終的には政治の世界にいたるまで、二十世紀の大半を通じて最先端であったのは、私的なものや秘密のもの、性、私生活、猥褻《わいせつ》なものからそのベールを取り去ることであった。そして、このような個人の私生活やプライバシーの暴露という過程が、自由の名において、自らの勇気を自慢する人々によって実行されてきたのである。

これには勇気が必要であっただろうか。法律上の罪や職業上の罪に問われるという意味では、確かに多くの場合には勇気が必要であった。だが、そのような罰則が取り除かれた今では、勇気は全く必要ではなくなった。公然と性的なものを露《あらわ》にしたり、公然と猥褻なものを見せつけることが、今では単なる決まり文句にすぎず、体制に順応しないことや、ふしだらな態度というものが、むしろ流行やファッションとして人々の画一的行動の一部を形作っている。とはいえ、これは常に勇気あると思われたい人々によって実行されてきたのである。

これは自由を増大させただろうか。無論、以前には禁じられていたことをする権利を獲得したとか、自らその権利を手にしたとか、権利を与えられたという意味ではより自由になった。だが、いつもそうなのだが、自由の価値は自由をいかに用いるかということにかかっている。おそらく自由の価値は自由だけにあるのではないし、確かに無制限な自由というものはないであろう。自由が乱用されうるということ、そして長い目で見れば、自由とはお互い公平さをどう理解するかにかかっているということこそ、まさしく自由について考える人々によって一般に理解されてきたことである。ということは、われわれは他人の自由を減少させることによって、自己の自由を増大させてはならないということだ。

私がここでもう一つ問題にしたいのは、C・S・ルイスが「人間の深いところにある嫌悪感」と呼んだものから見た場合の自由の価値である。このような嫌悪感には、騒音に対する嫌悪感、私生活を侵すものに対する嫌悪感といった、生まれつき当然の嫌悪感も含まれる。このような嫌悪感は、われわれの最も深いところでなされる経験が誤解されたり、あまりにも単純に理解されたり、誤って評価されることに対する正当な恐れというものに関係している。これは、まさしくキリストが、祈りは個人的なものであると主張した理由の一つである。われわれが自分自身を告白する――それを望むなら――ということは、まさしくわれわれの最も深い部分にある、最も大切な健全さの一部である。われわれは自己の魂の代わりに告白してくれる、身勝手な代弁者を求めたりはしない。性と信仰は、とりわけわれわれの内面性に関わるものであり、われわれが所有するものとしては、とりわけ脆《もろ》いものだからである。性も信仰も、その性質は分かち合うことにあるが、それを不用意に語ることは危険である。不用意に語ることは、この上なく神聖なものであるべきもう一つの核を侵すことである。

現代科学に見られる自由の考え方は、あまりにも多くの場合、結果に対する無責任というものに切り詰められている。芸術の自由は、往々にして、自分自身を暴露したり、他人を暴露することを全く気にかけないようになっているかに見える。科学にも芸術にも共通して見られるのは、専門家が、彼もしくは彼女の仕事においてどんなものにも服従しないし、従属しないという信条的な抵抗を示していることである。

一九九八年十月十九日、ニューヨーク市で、全米作家協会および全米作家協会基金の主催によるパネルディスカッションが開催された。そのディスカッションの全文が、「誰の生活か？」というタイトルで、『全米作家協会会報』、一九九八年の冬号、一三ページから二六ページに掲載されている。パネリストは、シンシア・オズィック、デイヴィッド・レェヴィット、ジャナ・マラムッド・スミス、ジュディ・コリンズである。彼らは、「作家が作品の中で他人の生活や経験を用いることの道徳的・倫理的・芸術的意味について、それぞれの見解を述べている」。そのときの討論は部分的に、作家の表現の自由という問題を具体的に明らかにしている。その一部を取り出して、ここに引用したいと思う。以下に引用するのは、私が抜き出した一部にすぎず、大部分は省略されている。

シンシア・オズィックは次のように語っている。「私は、フィクション（創作）が完全な表現の自由の場であってはならないということにはどうしても納得できないのです。……思い出すのは、義母と一緒にベッドの端に座っていたときのことです。そのとき私は、どうして私が一九五三年以来ずっと日記をつけてきたのか説明していました。その日記には、私に関係するすべての人々が載っているのです。義母はひどく驚いた様子で叫んだのです。『やめて、やめて。それを消して。あなたにはそんなことはできないわ。そんなことをしてはいけないわ』と。そのとき、私はとっさに……作家であれば、そんな見方をすることはできないと気がついたのです。人生はまさしく書かれることで本当のものになるのです……。当然、作家には傷や痛みに対する責任が伴います——ですが、作家なら、こう言わなければならないのです。私はそれを気にしない、そんなことは全然気にしないと……」

デイヴィッド・レェヴィットは、オズィックに賛成の立場から、かつて自分が受けた、作家になるための授業での教師の言葉を引用している。「どんな作家にも、自分の家族の間で話したりはしないことを小説として書くことが、作家としての通過儀礼となっている」のだと。そしてレェヴィット氏は後半で、自己の信条について、次のように述べている。「私はどんなことでもフィクションになりうると思います――どんなことでも。作家が書きたいことを書くという権利が少しずつ奪われるようになるなら、結局は、私たち自身の自由も侵されることになるでしょう」。

オズィック女史は、「どんなことでもフィクションになりうる」ということには同意するが、一つの例外を設けている。「でも、その場合には、一定の限界があると思うのです。……例えば、ホロコースト〔ナチスによるユダヤ人虐殺〕があったという事実を否認するような小説には感心しませんし、断固反対したいと思います。……でも、これは極端な場合です。作家にとって……小説はまさしく作りごとであり、小説は魅惑の世界なのです。作りごとや魅惑の世界によって、本当に傷つけられることはありえないと思います」。

ジャナ・マラムッド・スミスは、丁重に、それに反対の立場から意見を述べている。「作家が他人を暴露するのを正当化しようとするなら、とりわけ重要な点として、二つの価値を求めることになるでしょう。一つは、作家がその話をすぐれた形で語るという芸術的目標に照らしての価値です。ここには、往々にして、美しく書くことが究極的には良いことであるという気持ちがはたらいています。つまり、ある話を極めて上手に語ることで、その主題（subjects）を取り上げることから生ずる弊害を埋め合わせることができるという気持ちがはたらいているのです。作家が敬意を払う第二番目の価値とは、真実を探し出すということです。私たちは、偽善や社会の表面に隠れている真実を探し出すという重大な任務についているのです。……私たちは真実がすぐれた価値を持つものであり、また真実を述べることができるということを信じたいのです。これは作家であるための重要な条件です。……しかし私には、時には真実を探し出すという行為が、それとは反対の価値を持つもの、つまり真実を覆い隠すものによって脅かされるときに最も活発になると思えるのです。……自分のことが本に書かれているのを見て裏切られたと感ずるなら、その理由はおそらくこういうことでしょう。親密になるということは、……友情とか、愛し合う関係だから許されるのであって、そのような親密さを公にすることは許されないのです。ですから、親密な関係では露《あらわ》にすることが許される私的な事柄が突然公表され、それによって心の深いところで裏切られたと感ずるなら、それは正当なことなのです。……ここで真実とは、裏切りがあったということなのです」。

スミス女史は後に、読者が「恋愛小説を読むことで道を踏みはずす」可能性があることについても語っている。すなわち、「その影響は実際にあり、おそらく私たちはその影響についても考えてみなければならない」と。

作家が実際に見たり、実際に見たと思うような真実を語る責任を負っているというのは、確かに本当である。真実を語るという責任は作家という仕事の一部である。なぜなら、真実を語る能力があるとしても、真実を語ろうとしなければ、何を語っても価値がないからである。もしもわれわれが真実を語る能力がある——あるいは真実を知る能力がある——ということに絶対的な自信が持てるなら、少なくとも問題はもっと小さなものになるだろう。たとえ作家が他人についての真実を語るために「完全な自由」を強く主張したとしても、実際にそれができるかどうかを、人々は疑わしいと思うだろう。というのも、人間はまちがうことがありうるし、たとえどんなに真実を語りたいというすぐれた意図を持っていたとしても、知っていることがまちがいであったり、まちがったことを語るかもしれないからである。それゆえ、真実を語るという点から見れば、レェヴィット氏が言うように、「どんなことでもフィクションになりうる」と語ったところで、それだけしか言わないとしたら、そのような考えはあまりにも単純すぎる。

もちろん、私はここで言論の自由や研究の自由を縮小しようと述べているわけではない――私は、今や言論の自由や研究の自由がひどく乱用され、そのことが自由の存続を脅かしていると思っているけれども。だが、文学における裏切りや文学の影響というものが実際にあり、それについて考えてみなければならないという点では、ジャナ・マラムッド・スミスの意見に賛成である。

私は、芸術と生活の結びつきについては最終的には理解できないと思うし、ましてや充分に納得できる形で理解することはできないと思う。この点では、科学と生活の結びつきについても同じことが言える。人間は芸術や科学という人工のものによって――つまりは作られたものによって――この生き物の世界に加わる。そして、人間が常に少なくとも幾分かはまちがいを犯す可能性があるというのは、人間が無知であり、誤りやすく、小さなものだからである。言い換えれば、人間が生きているこの世界は人間が作るものよりも大きく、一層複雑なのである。芸術にも科学にも常に視点を変えて再びやり直すための自由が必要だというのは、まちがいを犯したときには常にその誤りを改めねばならないからである。かくして、この世界にとっても、人間相互の関係においても、まちがいを犯したときにはその誤りを正しいものに改めること、つまり正義という問題は必然的に限りなく続いていくことになる。このことが、まさしく人間にとって、実践的な意味での自由が必要であるという主張をさらに強めることになる。そして、このような自由は、まさしくそれを上手に使うことによって存続することができると思う。

自由を「上手に使う」ことの意味は、例えば『デイリー・カリフォルニアン』紙の、リチャード・C・ストローマン氏の記事の中でも明確に述べられている(一九九九年四月一日、五ページ)。ストローマン氏の立場は、「何ものにも妨げられない科学」を擁護するものであるが、彼は、バイオテクノロジーの研究開発における「産学協同の新たな計画」が、科学に犠牲をもたらすことになると危惧している。見たところ、これは専門化しすぎることによる犠牲や、ものごとをあまりに単純化してとらえることによる犠牲としてよく知られたものである。ストローマン氏は次のように書いている。「企業が特定の製品開発を目的とする技術の研究開発を求めるようになれば、……科学では、何ものにも妨げられない研究の必要性が破壊されてしまうだろうし、……そうなるにちがいない。そうなれば、大学での生物学の研究は、生き物の複雑な行動を単純な因果関係の用語で表すことでねじ曲げられてしまい、結果として、研究が及ぼす、より広範な影響やより複雑な影響について考える必要性が破壊されてしまう」。

「だとしたら、これこそが、大学と企業の〈合同〉(merger)によってもたらされる本当の危険性である。……企業が求めているのは、自然についての新しい見方が生まれるのを抑制しなければならないということだからである」。

そこで、科学もまた「それを新しくする」こと、つまり科学自身を再び新しくするということに目を向けなければならない。このことは今や新たな課題、しかも緊急な課題である。その理由は、自然をあまりにも単純化してとらえたり、自然を商品とみなしたり、自然を商品として売り尽くすために新たな力を得た企業によっては、自然を充分にとらえることはできないし、そのことに科学自身が気づかねばならないからである。そのためには、科学はその仕事が及ぼす影響範囲をもっと広げるべきだという、ストローマン氏の答えは正しいものだと思う。

科学や芸術における自由について考えることは、おそらく、われわれの仕事の文脈をどう広げるかということにかかっている。これは、科学や芸術が及ぼす影響について考える機会をもっと増やす（減らすよりも）ことによって可能となるだろう。というのも、科学や芸術が最終的に影響を及ぼすのはこの世界であり、この世界は常にわれわれが考えているよりも大きなものだからである。したがって、文学における自由について考えるさいにも、裏切りや影響を考慮に入れることは、文学や自由を先細りさせることにはならない。これは、正しい意味でわれわれの仕事の文脈を拡大するということなのである。もしも自分たちの仕事が及ぼす影響範囲の外側にも、安心して嘘をつける場所などどこにもないという原則に忠実に従うことができるなら、芸術家や科学者は自分がまちがっていたと気づいたときには、どんな場合にも自分たちの仕事の文脈をもっと広げることで、再びスタートする必要があるだろう。それが本当の自由というものである。このことが意味しているのは、まさしく、われわれはあらゆる誤りを乗り越えて再び始めることができるし、贖《あがな》いは可能だということである。この原則からはまた、専門化や専門主義という基準の他に、もっと幅の広い批判的判断の基準を作り上げることができる。それは、新しくスタートする可能性、つまりやり直しができるという意味で、「それを新しくする」可能性をなくすような仕事は良くない仕事である、という基準である。

ジャナ・マラムッド・スミスは述べている。「私たち作家は書くことと裏切りを交換するのではありません……」。この言葉の意味は単純ではない。なぜなら、作家であるとは単なる苦境の状態を意味するのではないからである。作家として書くということには、想像力と現実との不断の関係がある——この関係は決して安定したり、明確になったりはしないのだが。フィクションの作家であれば、極端な場合には、ほとんど実際に起こったことだけを小説として書くかもしれないし、反対にほとんど全く想像したことだけを小説として書くこともありうる。だが、想像したことは常に幾分かは実際に知っている事柄から情報を与えられるのであり、実際に知っていることは常に幾分かは想像力によって知らされるのである。人間の経験の範囲では、現実も想像力も、極端な場合でも決して純粋にどちらか一方だけではありえない。それだから、常に幾分かは裏切りの危険性があることになる。想像力を誤って用いたために、現実を歪めてしまう可能性はある。ということは、想像力によって、本当に親密なものが侵される可能性があるということだ——そしてこのことは、秘密をもらすようなおしゃべり、復讐心、ある種の功名心のために、慎重に語る可能性がないがしろにされるということである。想像力が現実の事柄を偽って思い描いたり、想像力が現実に起きている事柄をあまりにも狭い見方でとらえるために、想像力の価値が低下してしまうことも常にありうる。

想像力も正しい現実感覚も共に、われわれの生活には必要なものである。そして想像力と正しい現実感覚は、互いにそれぞれの規律を身につけることが必要である。例えば、想像力だけでも、故郷の景観やコミュニティの姿、かつての地形や歴史、実践や保護してきたもの、愛情と希望に満ちた一種のビジョンを心の中に思い描くことはできる。だが、そのビジョンが充分に正確な現実感覚によって繰り返し改められずに、空想や単なる願望にとどまるとしたら、われわれ自身も景観も共に危険に陥ることになるだろう。言い換えれば、われわれが景観を破壊するか、もしくは景観の方が（われわれの勝手な思い込みによって、とりわけその景観が傷つけられるとしたら)、われわれを破壊することになるかもしれない。

文学における裏切りの可能性について語ることは、想像力と現実の間の不可欠な、避けがたい緊張関係に気づくための一つの方法である。フィクションであれば、親密な関係や、信頼感や、私生活を侵害することで、つまりそれらを誤った形で描くことで、現実を歪めてしまうこともありうる。この例として、とりわけ文学の芸術家たちにしばしば見られるのは、歴史の事実や、自然の歴史、人々の仕事の仕方に対する侮蔑《ぶべつ》的態度であり、それらに対する無関心である。

そのような裏切りを気にしないということは、人間が取り扱う主体(subejct)を単なる「素材」とみなして、素材の状態に還元することを意味する――これは、まさしく現在いたるところに見られる「科学・技術・産業」の一体となった計画が、それが扱う主体を原料に還元しているのと同じことである。現代の芸術や科学と産業経済の間には、価値観と姿勢において明らかに共通するものがあるが、それは、それらが扱う主体を原料や素材に還元することである。このことは慣習的に認められていることだが、最先端の開拓者や英雄になりたいと思う人々からはほとんど気づかれてはいない。だが、私のように地方の場所に暮らしていると――このことは、他の人々から見れば「原料」の真っ只中にいることを意味するのだが――そのことに気づくのである。そして、もしもそのことに気づくなら、芸術や科学の裏切りが現実のものであり、深刻なものであると気づくようになる。そのような芸術や科学の裏切りは、それらが扱う主体を侮辱するものであり、その主体を危険にさらすものである。

親密な関係、秘密のもの、性、私的なもの、猥褻なものをあまりにも赤裸々に暴露することは、それだけに言及したり、表現したり、写真に撮ったり、絵に描くことによってなされるのであって、想像力をはたらかせることによってなされるのではない。個人的な欲求や悲しみを表現するのに、何らの想像力もはたらかせずに、単なる生活上の出来事とか共同生活上の出来事として表現することは、実際にはその出来事をまちがって表現することである。これが、学校や専門家によって「客観性」と呼ばれているものであり、このような客観性によって、大学や企業はコミュニティを――もしくはコミュニティだと自分たちが思っているものを――霧の向こうに遠くかすんで見える風景とみなすようになるのだ。この種の客観性は、科学においても芸術においても同じようにはたらいている。すなわち、この種の客観性はわれわれが共感するのを妨げるようにはたらいており、それはまた生き物や場所の具体的な姿を抽象的なものとみなすようにはたらいている。科学においても芸術においても、このことは想像力の欠如を意味している。

例えばジャーナリズムやテレビ・ラジオなどの電子メディアは、相も変わらず私的な感情を好奇心の対象にしたり、興味本位なものとして暴露したり、芸術やジャーナリズムの勇気ある行為の証拠として伝えている。このような先端企業による絶え間ない行為は、レポートという形で、悲しみにうちひしがれた女性の顔にカメラやマイクを押しつけている。だが、ここで問われるべきなのは、無情にも他人を撃ち殺す男性と、死体や、悲しみにうちひしがれた未亡人の姿にカメラを向ける無情な写真家の間には、いかなる質的なちがいがあるのかということだ。これらの行為は、まさしく、現代に流行病のように蔓《まん》延《えん》している想像力の欠如からくる二つの側面ではないだろうか。というのも、いずれの場合にも、他者に対する共感〔＝同情〕の欠如、コミュニティ生活〔＝共に生きること〕の欠如を物語っているからである。

そのように個人の私的な感情や私生活を暴露することによっては、われわれは自由になることはないし、知識が増えることもない。私的な感情や私生活を暴露することは、他人の苦しみや共に苦しむことに対してわれわれが麻痺することに駆り立てていくだけであり、それによって人間の残酷さが形作られていくだけである。

もしも作家が書くという行為によって他人に与える苦痛に無関心になるなら、それは人間という主体に無関心になることを意味する。これはまさに科学と産業が、搾取されたり、実験されることで苦しみを受ける人間や動物という主体に無関心になることと酷似している。これらの動物や人間の苦しみに無関心になること――つまり「私は気にしない、全然気にしない」と言うことは――書くという行為による主体に対する裏切り、つまり普通の人間の生活や身近なものに対する裏切りであるだけでなく、想像力そのものに対する裏切りでもある。というのも、想像力に対する裏切りとは他人に共感するのを拒否することであり、想像力と共感の極めて重要な結びつきを否定することだからである。だとしたら、そのような裏切りが、どうして真実を知る能力や芸術を作り上げる能力を悪化させないことがあろうか。

自然であれ人間であれ、この世界とこの世界の身近なものは、芸術の主題としても受け身的なものではない。ましてや「科学・産業・技術」の主題としても受け身的なものではない。というのは、それらはわれわれが行うすべての行為から影響を受け、そして反応するからである。この世界は単に文学として書かれるためだけに存在しているのではないし、ましてや研究のために存在しているのではない。人間が作り出すものの先にも後にも、この世界は現実に存在している。したがって、作家が書くものが良いか悪いかということの判断は、最終的には、文学の対象である書かれるものの健全さということによって判断されるべきである。われわれが知っていると思うことは、知っていると思う事柄の健全さに影響を与えるからである。

科学や芸術がこの世界に与える影響という問題は現実的なものであり、これは避けられない。オズィック女史が、作家は何を書こうが全然気にしないという彼女の信条から、ホロコーストを取り除きたいと思うとき、彼女も同じく文学の影響を認めているわけであり、それによって芸術の優位性と自立性という、彼女自身の主張を自ら切り崩していることになる。ホロコーストについて書くことが何かに影響を与えるかもしれないということは、そもそも書くことが影響を与えるかもしれないということであり、これにはもはや議論の余地はない。ユダヤ人を軽蔑するように書くことが、実際にユダヤ人を軽蔑したり、暴力をふるう原因になるかもしれないということを、誰が否定できるだろうか。だが抑圧の歴史が教えているのは、そのようにユダヤ人にとって不利になることを書くのを制限するよう、それを禁じているということである。理由は、われわれは人間や場所やものごとを知覚する仕方に合わせて、それらのものを取り扱うからである。そして文学は、そのような知覚の仕方に影響を与えるからである。現在流行していることはさておき、過去の例について言うなら、南アパラチア山脈の炭坑の歴史は、作家たちがその地方の山脈に住む人々を「いばら」とか「田舎者」と描いてきたことから影響を受けてきたことを、誰が否定できるだろうか。さらに、作家たちが何世代にもわたって、農民たちを「マリファナ・タバコ」の中に住み、「全くつまらない仕事をしている」、「田舎者」と表現してきたことが、実際に長年にわたる農業の搾取に影響を与えてこなかった、最終的には農村に住む人々の暮らしの破壊に影響を与えてこなかったと言うことを、誰が望むだろうか。しかも、そのようなステロタイプな表現や作中人物たちを抹殺するような行為が、われわれに影響を与えるのを否定できないとすれば、そもそも書くことが影響を与えることは否定できないのである。

*

かくして、芸術にとっても、科学にとっても、まさしく同じように問われるべきなのは、以下のことである。すなわち、芸術と科学が自分たちよりも一層大きなものに目を向け、それに従うことは正しく適切なことであるのかということである。芸術と科学が自分たちの専門的基準よりも一段と高い、より広範囲にわたる基準に従って、自分たちの行為の良し悪しを判断することは可能であろうか。これは、適切さという古い問題である。いかなる芸術家や科学者といえども、彼もしくは彼女の専門があたかも唯一絶対的な基準であるかのように、つまり他のすべてのものを支配するかのように、「自由」に仕事をすることは許されるだろうか。それとも、われわれは自分たちの仕事を、原因と影響というより大きなパターン（型）、究極的には神秘的なパターンにおいて生ずる出来事とみなすことは今なお可能であろうか。そのようなパターンから見れば、人間は相互に依存しあっており、さらには自然と人間という身近なものからなるモザイク状のもの、つまり「世界」と呼ばれるものに依存していることを知ることができる。だとしたら、科学といかに生きるべきかの知識〔＝倫理〕との間には、また芸術と生き方の技術〔＝暮らし方〕との間には確かな結びつきがあり、責任があるはずだと知ることは決して難しくはない。さらにはそれを認めるか認めないかは別として、芸術と科学との間にも常にまぬがれようのない複雑な結びつきがあるはずだと知ることも難しくはないだろう。

7　マイナス面を無視した進歩

ウィルソン氏の書物について考えようとすれば、あらゆる点で困難に出会うことになる。その理由は、彼が、一般に流行している機械的進歩とか自動的進歩という無邪気な考えに固執していることから来る。おそらく彼の本は、この機械的進歩とか自動的進歩という無邪気な教えを擁護するものとして書かれたのだろう。啓蒙主義の思想家を引き合いに出して、彼が信じているのは、「人類の無限の進歩の潜在的可能性」である（p.8）。彼は「進化論的進歩」を無邪気に肯定し、それが必然的だと語っているからである（p.98）。彼は表面的には後退の可能性を認めており（p.98）、「進歩の歯止め」について二度語っている（pp.270, 289）。また、人間は「進歩の歯止めを受け容れてきた」（p.270）と、あたかも進歩か後退かの選択があるかのように語っているが、どのような選択の可能性があるのかについて語ってはいない。進歩が必然的だと信じているために、彼の進歩の観念は実践的には自分自身の思想をほとんど吟味しないという、内容の乏しいものになっている。進歩に対する熱意にもかかわらず、事実上は、むしろ科学を擁護するために、科学の陳腐な言葉を空しく浪費しているにすぎないのだ。例えば、彼の進歩の考え方は全く決定論的であり（それは「進化」と「歯止め」から成るのだが）、なおかつ霧のように漠然としたロマンチックなものである。すなわち、彼の言葉によれば、現代科学を「駆り立てている」のは、われわれが進歩を夢見て、発見するのを推し進め、説明し、再び夢見ることである。それによって繰り返し新しい大地に踏み込んでいくなら、おそらく、この世界はより一層明らかになるだろうし、われわれは宇宙の本当の不思議さをとらえるようになるだろう。そして、この宇宙の不思議さによって、あらゆるものが結びついていることが明らかになり、その不思議さの意味が明らかになるだろう」(p.12)。この書物の終わりの方では、「環境」破壊について極めて冷ややかに評価しながらも、彼はこう述べている。「われわれはさらに前進しなければならない。そしてできるだけ環境を良くしなければならない。心配な面もあるが、成功を信じて……」と(p.289)。

このような言い方は、まったく理解に苦しむ。われわれの未来がすでに「進化論的進歩」によって決定され、その「歯止め」がしかるべき場所にきちんと組み込まれているなら、われわれはどこにも「踏み込んで行く」必要がないのではないか。——たとえ「生物学的に適用できる」、「自由意志の幻想」をわれわれが行使しないとしてもである。だが、自由意志が幻想であるなら、何のために世界をさらに明らかにしようというのか。ウィルソン氏が「踏み込んで行く」ということで意味しているのは、まさしく科学者たちが「本当に重要な研究」や「パトロンたちに従う」ことで前進することであるのは明らかである。ここからは、どう考えてみても自然保護論者を励まし、自然保護に役立つことを見出すのは困難である。

後退が本当に起こりうるなら、その兆候を探すべきではないのか。そして、少なくともわれわれが本当に得たものと本当に失ったものについておおよその考えを手に入れるために、進歩から後退の部分を差し引くべきではないか。ウィルソン氏は、人間が忘れては死んでいくことを認めはするが、「知識が世代から世代へと受け継がれていくかぎり、知識は地球的規模で拡大し続ける」と述べている(p.236)。

だが実際には、知識が地球的規模で拡大していくにつれて、地域的に見れば知識が失われつつあるのだ。このことは、世界中のいたるところに起こった、地方の現代史における最も重要な真理である。そして、これは土地利用という最も深刻な問題である。つまり、現代人の土地利用の仕方に典型的に見られることとは、その性質については決して知っているわけではない土地、その歴史がどのようなものであったかを忘れてしまったその土地をひたすら自分たちの目的のために利用しているということなのである。かくして、現代人が無知のままに、自分たちの使用する土地を乱用していることはほとんどまちがいない。これまで科学を支えてきたのが莫大な量の知識となおかつ莫大な暴力であるとするなら、われわれがそれによって得たものとは何か。「宇宙の本当の不思議さをとらえる」としても、われわれがいかに土地を耕すべきかを忘れるなら、それによって得られるものとは何か。

このような問いが真剣になされ、それに対して賢明に答えられるなら、われわれは迷わずそのために何ができるか、選択する道を選ぶようになるだろう。だが『融合』には、そのような選択の可能性は全く示されていない。

エドワード・O・ウィルソンの見解では、世界とは、われわれすべての人間が日々の生活の中で、未来の世界に影響を与えるために、賢明な選択をするか否かの場所を意味するのではない。むしろ、極めて遺伝子的な才能に恵まれた、極めて多額の助成金を獲得する科学者たちが、「前方に向かって踏み込んで行く」ことによって、その未来を決定していく場所のことなのである。それぞれの科学者は、彼もしくは彼女の「新しい大地」というビジョンの中で孤立しており、他方でまた古い大地に愛着を持ち続けるということからも切り離されている。

だとしたら、なぜ彼らを信頼すべきだと言えるだろうか。

第4章　還元と宗教

科学と芸術にとって、「二つの文化」に分断されているのは明らかに良くないことだ。科学者にとっては、文化的伝統に対する責任を感ずることなく仕事をするのは良くないし、芸術家や人文科学の学者にとって、文化という人工的なものを越えた、この世界に対する責任を感ずることなく仕事をするのは良くない。これら二つの文化が共に、厳格に「専門的基準」に従って仕事を推し進めるようになるなら、すなわち地域への愛着を持たないとか、コミュニティに対する責任を感じないとか、ましてわれわれがみな、それに従属しており、それに拘束されているであろう、永遠の秩序というビジョンを持たずに仕事を推し進めるなら、それは良くないことである。さらにもっと良くないのは、「二つの文化」だけでなく、さまざまな専門分野や職業的分野が入り乱れている状況に直面して、各自がおよそ他人には理解できないような特殊な専門用語で語ったり、自分の専門以外のことについて、「それは私の専門ではない」と語るようになることである。

これらすべての悪しき状態は、まず第一に、見かけ上は知的コミュニティとか大学のコミュニティと見えるものですら失われている、ということに現れている。このようなコミュニティの喪失は、われわれの社会にますます暗い影を投げかけている。なぜなら、専門化の垣根を越えた、さまざまな専門分野の間での知的参加が――つまり本当の対話が――仕事の文脈を広げることになるからである。もしもそうした専門分野での横断的な参加が起こるなら、まさしくものごとを複合的にとらえるようになるだろう。また、専門的基準では達することのない批判を採り入れることで、チェック・アンド・バランスの仕組みとして機能するようになるだろう。だが大学にそのように活発な対話が生まれず、大学から外の世界に向けて発信されないなら、大学はこれまで通りのものであり続けることになる。すなわち、科学はこの世界をあたかも実験室のようにみなして、ますます世界に対する影響を拡大し続けるし、芸術や「人文科学」はあたかもこの世界など全く存在しないかのように、世界に対する影響について無頓着であり続けることになる。さらに、大学という学術機関の主たる目的が、助成金を得ることや大学当局によって管理されることになり、政府の主たる目的が政党のメンバーに職場を与えることになる。

　このようにまとまりのない、個々ばらばらの状態が進むことになれば、最終段階で現れるのは信頼の喪失である。加えて、われわれが信頼を得たり、与えたりするための基盤となる文化の様式全体が失われることである。今や、人々の間で一般的な考えになっているのは、誰もが自己の利害に基づいて仕事をしているということであり、自分よりも力のある人の利己心によって妨げられないかぎり、誰もがそうし続けるだろうということである。今では誰も政治家や政府を信用していないということは、おそらく、現在最もやかましく語られている事実である。それよりやや控えめではあるが、人々は専門家の集団とか企業、教育システム、宗教団体、医療業界などをますます信用しなくなっている。おそらくそれは、専門家自身が信用や信頼ということに重きを置かなくなっているためである。それにもかかわらず、確かなことは、これまで信頼をかちえてきたと思うすべてのものから信頼を取り去ってしまうなら、もはやどこにも信頼など残ってはいないということである。

それだから、芸術と科学が「二つの文化」に分裂しているのを止め、一つの文化のそれぞれの部分として互いにコミュニケーションを取り合うことは、常に充分な共同作業を行えないとしても、確かに望ましいことであり、――おそらく必要なことだろう。（そのような文化が実現するなら、私はそうなることを望んでいるが、実際には一つのモザイク状の文化になると思う。そのようなモザイク状の文化とはコミュニティに基づくものであり、そのようなコミュニティではいかなる場合にも、すべてのメンバーが共通の基盤を持ち、この基盤の上にしっかりと立っていることが分かるのでなければならない。）それゆえ私は、科学が「芸術や人文科学と連携する」というウィルソン氏の願いにはいささかも異論はない。だが私は、彼の目標である「融合」という点については共感しても、賛成することはできない。

私がウィルソン氏の「融合」に賛成しない理由は、融合が可能ではないと思うからである。融合が可能ではないと思うのは、ウィルソン氏の「融合」の定義に見られるように、融合は科学の還元主義の方法を宗教や芸術という文化的財産に押しつけようとするからである。宗教や芸術は本質的に還元主義とは相容れないし、時にはいかなる種類の還元の方法にもはっきりと抵抗を示すからである。ウィルソン氏によれば、融合とは、「説明という共通の基盤を作り上げるために、さまざまな事実と事実に基づく理論をつなぎ合わせることで、そこから得られる知識がさまざまな専門分野を横断して文字通り〈いっしょにジャンプする〉ことである」（p.8）。さらに、こうも言われる。「融合を打ち立てるか退けようとするかにかかわらず、融合のための唯一可能なやり方は、自然科学で発達した方法によってなされるのであり、この方法は……科学者によってなされる努力とか数学的抽象化によって固定化されるのではなく、むしろ物質的宇宙の開発において達成された思考習慣に結びついている」(p.9)。かくして、融合の計画は科学者だけに限られるわけではないが、もっぱら科学のためになされることになる。

ウィルソン氏の言う「説明という共通の基盤」に基づいて、宗教や芸術と科学をつなぎ合わせることができるかどうかは、以下の問いにどう答えるかにかかっている。すなわち、宗教や芸術は科学と同じような仕方で説明できるかどうか、そもそも宗教や芸術というものが余すところなく充分に説明できるものなのかどうか、ということである。そして、このことは、さらに一層重要な問い、すなわち知識というものを〈説明できるもの〉と定義してよいのかどうか、それとも説明できない知識があるのかどうか、にかかっている。

知識と説明可能性という、この問題を検証するために、以下で私は、三つの文章を例に取り上げてみよう。

『リア王』の最後の場面で、身も心もうちひしがれたリア王は、忠実な娘コーデリアの死骸を腕に抱えながら登場する。そこでこう言う。「おまえはもう帰っては来ない、いつまでも、いつまでも、いつまでも、いつまでもだ」(第五幕、第三場、三〇八〜三〇九)。

聖書のサミュエル記下、第一八章の三三で、ダヴィデ王は、敵であった自分の息子がたった今死んだことを告げられ、こう言う。「わが子アブサロムよ。わが子、わが子アブサロムよ。ああ、わたしが代わって死ねばよかったのに。アブサロム、わが子よ、わが子よ」。

アメリカ南北戦争でのゲティスバーグの戦いの後、南軍司令官であったリー将軍は、人々が自分に向かってこう言うのを耳にする。「あまりにもひどい。あまりにも、あまりにもひどい」(*Lee*, an abridgement by Richard Harwell of the four-volume *R. E. Lee* by D. S. Freeman, Scribner, 1961, p. 341)。

ここにあるような「悲痛な」叫びは、むろん知識を表している。それはまたものごとを正確に表していると言って良い。ここで伝えられているのは知識である。だが、ここで手渡される知識は証拠を挙げることができないし、論証しえないし、説明しえないような知識である。それはまた、教えられたり学ばれたりすることができないような知識である。これらの叫びは誰にでも、何にでも当てはまるといった「自明なもの」ではない。また、今日われわれが「情報」と呼んでいる知識と同じでは決してない。それが何を意味しているのか知っていることも、知らないこともありうる。だが、知らない人にその意味を説明しようとしても、単なる笑い話になるだけである。

宗教的信仰についての言明とは、おおむねこれと同じ類《たぐい》のものであるように、私には思われる。聖書の中で、預言者ヨブは言う。「わたしは知る、わたしをあがなう者は生きておられる、後の日に必ず地の上に立たれる。わたしの皮がこのように滅ぼされたのち、わたしは肉を離れて神を見るであろう……」(ヨブ記、第一九章、二五〜二六)。これは、いかなる証拠やいかなる論証にも基づいてはいない。それはまともな意味での理論でもない。だが、ヨブはそれを知識と呼んでいるのだ。ということは、彼は自分が語っていることが真実だと「知っている」ということである。この句を読んだ大多数の人々もまた、それに同意してきたし、それが真実であるということを知っているのである。

しかしながら、ウィルソン氏の『融合』の「倫理と宗教」の章に出てくる「経験論者」なら、ヨブの知識は「客観的証拠」も「統計上の証拠」もないという理由で、「有益」ではあるが偽りだと簡単に説明できると思うだろう（pp.243-245）。ウィルソン氏自身は、このような「客観的証拠」も「統計上の証拠」もない知識を、遺伝子の中に組み込まれた「熱望」とみなしている。すなわち、「それは、おそらく……脳の神経回路に深く刻まれた遺伝子の歴史として説明できるだろう」（p.261）。ウィルソン氏によれば、人々が宗教に従うのは科学の経験主義に従うよりも「一層たやすい」からであり（p.262）、これに対して、科学の実験室ではキリストの十字架よりも厳しい試練に耐えねばならないのは明らかであるという。だが、ウィルソン氏が宗教には統計上の証拠がないと注意を促すことで忘れているのは、経験主義といえども宗教がまちがいであることを、統計上の証拠によっては証明できないということだ。それだから、彼の宗教に対する説明の仕方は、むしろ説明できないことを証拠を挙げて説明しようとしているのだと言うことができる。だが、神と、人間が理解するための手立てとを同じレベルの主題として扱うことはできない。

宗教については、経験論者の言う証明によっては説明できない。だとしたら、ここでヨブが信仰について語っていることを、ウィルソン氏の主唱する経験主義と同じくらい真剣な信念だと考えてみたらどうだろうか。そのことをウィルソン氏にいかに説明できるだろうか。説明できないように私には思われる――説明できないということを立証するには、経験的証拠を手に入れることができる。

ウィルソン氏自身は自分の「立場」を経験論者だと述べているが、この言明は決して明確な説明になっているとは言いがたい。というのも、彼が経験論者であるという言明は科学的言明というより、およそ信念を述べたものであり、そのための証明がないからである。そして注意深く見れば、ウィルソン氏が「私は経験論者である」と述べていることは、宗教的信仰の問題に抵触することはない。ウィルソン氏はこう述べている。「私は経験論者である。宗教については、私は理神論の立場をとりたいと思うが、そのための証明はほとんど宇宙物理学的な問題だと考えている。〈宇宙論的な〉神の存在、つまり（理神論によって考え出されたような）宇宙を創造した神の存在は可能であり、今はまだ想像できない物質的証拠が将来において見つかるかもしれないと考えるなら、おそらくどこかに落ち着くだろう。あるいは、この問題は永久に人間の能力の範囲を越えるかもしれない。これとは反対に、……〈生物学的な〉神の存在、つまり（有神論によって考え出されたように）生物学的進化を方向づけるとか、人間の出来事に介入するものとしての神の存在は、ますます生物学や脳学の成果に矛盾したことになる」（pp.240-241）。この引用部分で特に注意したいのは、ウィルソン氏の考えが、ここでは極めて仮説的なものになっているということである。同じページで、彼は「自分がまちがっているかもしれない」ということを認めているが、まさしくそのような譲歩の言葉にこそ、彼の融合による提案には望みが持てないということがはっきりと表れている。だとしたら、彼はどのようにして自分のまちがいを「証明」できるというのだろうか。経験主義に基づく理神論者の信念が正しいかどうかを証明するには、宇宙物理学による充分な証明か、もしくは反証が得られるまで、実に長いこと待たねばならないだろう。それがどれくらいかかるかを想像するに、生物学や脳学の証拠が「増え続け」、証拠が最高潮に達して、有神論がまちがいであったと経験主義が反証できるのと同じくらい待たねばならないだろう。

では、ここに述べたような「経験論者の」信念という、ほとんど信仰に近い信念と宗教的信仰のちがいは何であろうか。一つのちがいは、エドウィン・ミュアの言葉を借りれば、宗教的信仰は古くからあるのに対して、経験論者の信念は単なる新しい信仰にすぎないということである。二番目のちがいは、宗教的信仰は経験的知識に基づいていないがゆえに、何千世代にもわたって持ちこたえて古くなったのに対して、経験論者の信念は、その言語が示していることからも分かるように、まさしく憶測に基づいているということである。

科学と宗教がそれぞれのちがいを本当に認め合い、それぞれの能力の及ぶ範囲にとどまるかぎり、両者が友好的かつ平和的に共存することなどありえないという理由は見あたらない――私はそのことを願っているし、そのことを信じている。ということは、宗教は科学が実際に証明したことに反論しようとすべきではないし、また科学は自分が知らないことを知っていると主張すべきではないということだ。科学は理論と知識を混同してはならないし、経験的に知ることができないものについては何であれ知らないと言うべきである。

ウィルソン氏の融合によって、科学と宗教が調停されることはありえない。なぜなら、融合が求めているのは、経験主義を唯一正しい教義つまり絶対的権威とみなして、宗教が経験主義を受け容れることだからである。それによって、経験的証明に従わないどんな考えも、その立場が否定されるか、それについて考えることが否定されてしまう。ウィルソン氏が提唱する融合は、芸術や宗教に科学の還元主義の方法と価値観を押しつけようとすることで、かえって調停するはずの分断や分裂を長引かせることになる。ウィルソン氏は思慮のない政治家と同じく、自分が一方の側に立っていることを忘れて、双方の立場を調停する道を見出したと思っているが、これでは、信仰を持つ者なら誰でも、融合についてウィルソン氏とまともに議論する気にはならないだろう。正直に言って、天国の存在を否定しておいて、天国と地上を調停しようなどと提案できるはずがない。

この種の調停の仕方に見られる危険性は、二十世紀の政治が示しているように、宗教を無意味なものとみなして否定したり、宗教を廃止しようとするどんな提案も（これが融合の提案であることはかなり明白であるが）、実際には、自分自身を宗教の立場に立たせることになるということである。宗教としての科学は明らかに自由に対する潜在的な脅威であり、ましてそれは本当の科学にとっても危険である。科学が宗教としての役目を果たすことができるとするなら、まさしく次のような二つの非科学的主張を作り上げること以外にはありえない。すなわち、科学はおそらくあらゆるものを知るだろうということと、科学はおそらく人間のすべての問題を解決するだろうという主張である。この点について、ウィルソン氏はしばしば「科学」にあまりにも大きな期待を寄せてすぎており、「科学」という用語にあまりにも融通性を持たせすぎている、と指摘するだけで充分である。

経験論者が最終的には認めざるをえないように、宗教は経験主義の範囲を越える実在に関わっている。このより大きな意味での実在は、実験室での結果とか、新聞の第一面を飾るように姿を現すのではない。映画のように、キリストが十字架から降りてまわりの人々を当惑させることなどないのだ。神が天上からすべての人々に聞こえるように大声で、しかも現代語で語りかけることなどあるはずがない。（もしも神がそんなことをしたら、科学も宗教も必要ないだろう。）にもかかわらず、人々がこのより大きな実在が現に存在すると信じており、宗教的真理を知識として受け容れているのは本当である。理由は、人々がそれを経験したからである。ウィルソン氏はジョン・ミルトンをあまりにも安易に見下しているが、ミルトンは明白な証拠がない実在について描き、美の神ミューズの助けを借りて、極めて偉大な仕事を成し遂げるという伝統をひく、多くの詩人たちの一人にすぎない。そのような偉大な詩人たちからすれば、合理的で経験主義的な世界の壁は明らかに穴だらけなのである。その穴を通ってやって来るのは、夢であり、想像力であり、霊感であり、ビジョンであり、啓示である。これらを拡大レンズを使ってのぞいてみても、何の役にも立たないのだ。われわれは地上における人間の理性を越えたところに、有用性を越えて美を経験するのであり、怒りを越えて正義を、正義を越えて慈悲を、自分たちの価値や約束の実現を越えて愛を経験する。われわれは悪が想像を絶するものであり、おそらく人間の意図するものを越えているということを知っている。われわれは共感や赦しが人間の基準によっては測りがたいということを知っている。そして、これらはみな、ウィルソン氏が「宗教」や「倫理」ということで意味するものを越えているのだ。

宗教が関わる、このような実在は、確かに扱いにくいものであるだろう。そして、このことが、なぜ宗教の歴史や宗教の組織が、実にしばしば宗教について教える点で妨げになってきたかを物語っている。だが、宗教は少なくとも自分自身の用語で宗教的経験に関わろうとしているのであって、基本的に宗教とは相容れない用語で説明しようとはしていない。例えば、何千年もの間、人々は（彼らは決してロボットのような人間ではなかった）、夢が、目覚めているこの世界の外からやって来ると考えてきたし、その夢がはっきりしないとしても、時にはこの世界を越える実在について語ってくれるのだと考えてきた。ハムレットが多くの人々の代わりに述べている次のような言葉は、私がここで言おうとすることを実によく語っている。「ぼくはクルミの殻の中に閉じ込められても、無限の大宇宙の主人公と思っていられる性質《たち》だよ。ただし悪い夢を見ていないとすればね」（第二幕、第二場、二六〇～二六二）。もちろん、同じことは良い夢についても当てはまる。ウィルソン氏は夢について、彼の考えにふさわしく、次のように語っている。「夢を見るなどということは一種の狂気であり、ビジョンの突進であり、およそ実在とは関係がない。……夢の内容は根拠に乏しく……夢は記憶の貯蔵庫の中で情報を構成し直したり、編集したりする脳の副作用に極めて近い」(p.75)。このことはもちろん、霊感や想像力、美や正義、慈悲や愛についても言えるだろう――融合の考えでは、これらは単なる生き残りの戦略のために、遺伝子の中に暗号コードとして刻まれたとみなすべきだと言うだろう。だが、この種の還元的方法によって、それらの事柄が事実として充分に答えられ説明されたとしても、それが何を意味するのかがもはや分からなくなってしまう。還元の方法は必ずしも知識をコンパクトにまとめたり、体系化することにはとどまらない。還元はまた、知られている事柄の内容を変えてしまうだけの力を持っているのだ。

だが、聖書に基づく宗教(これは、ウィルソン氏が言及している唯一の宗教であるが)はまた、はっきりと還元主義に反対の立場をとっている。ウィルソン氏の考えの代弁者である「経験論者」は、あたかもウィルソン氏自身のように、極めてありふれたキリスト教の決まり文句を用いて「環境」について語っている。すなわち、「死後にやって来る第二の生命を待つなら、とりわけ自分ではなく他人がその苦しみを耐えるというのなら、苦しみは耐えられる。自然環境は使い尽くされることもありうるのだ」と(p.245)。このようなほとんど陳腐とも言える言葉は、長い間口から口へ、チューインガムを嚙むように、だが決して呑み込むことができないような言葉として伝えられてきた。だが聖書に従うなら、そのように語ることは正しくない。実際に聖書の詩篇を読んだなら、誰もそんな陳腐な言葉を信じないだろう。そのような陳腐な言葉は、まさにキリスト教で言う「受肉」〔魂が現実的な形になること〕を無視しているからである。また、苦しんでいる人々に対するキリストの無限の憐れみや共感を無視しているからである。キリストは、そのように苦しんでいる人々が彼のところにやって来たり、彼のもとに運ばれて来たときには、一人ひとりを癒したからである。さらに、聖書のどこにも「自然環境」を「使い尽くす」のを許すようなことなど書かれていないし、そのことを暗示する言葉もない。

反対に、聖書はすべての生き物と神の間には完全に親密な関係があると述べている。生きとし生けるものはみな神の霊と神の息によって生きている（ヨブ記、第三四章一四～一五）。われわれは神のうちに「生き、動き、存在している」（使徒行伝、第一七章二八）。詩篇の中では、まさしくこの世界に対する神の愛はあらゆる個々の生き物を含むのであり、単に人種とか種族だけを含むのではないということこそ信仰の原理である。神はどのツバメも地に落ちるのを知っている。神は、「あなたがたの髪の毛までもみな」数えている（マタイによる福音書、第一〇章二九～三〇）。エドガーが父に向かって、「不思議にもよく助かったもんだ（Thy life's a miracle）」と告げたとき、彼は完全に聖書に基づいており、ウィリアム・ブレイクが、「生命あるものはみな神聖である」（*Complete Writings*, p. 160）と語っているのも同じく聖書に従っている。ノーウィッチのジュリアンが、神が「われわれに知らせようとしているのは、偉大なものや高貴なものだけでなく、取るに足りないものや小さなもの、慎ましいものや質素なものにも等しく心を配っている」と語るとき、彼女もまた聖書に従っている（Julian of Norwich, *Revelations of Divine Love*, Chapter 32）。ステファニー・ミルズはこの伝統がなおも生き続けていることを証言して、次のように書いている。「『野性のうたが聞こえる』〔アルド・レオポルド著、新島義昭訳、講談社学術文庫、一九九七年〕は、まぎれもなく存在するものへの愛に包まれている……」（Stephanie Mills, *In Service of the Wild*, p.94）。

聖書を注意深く読むなら、聖書の作者たちがものごとの特徴に充分に気を配っていることに気づかざるをえない。聖書の中では、人間たちの特徴が実に明瞭に観察されており、それぞれの独自性が実によくとらえられている。そして、ヨブ記第三九章二五にある戦闘馬についての記述、すなわち、馬たちは「ラッパの鳴るごとにハアハアと言い」という箇所を読んだことがあるなら、まちがいなく誰もそれを忘れることはできないだろう。私は、ヨハネによる福音書第二〇章一〜一七にある、〈復活〉の言い伝え以上に、巧みにその特徴を描き出した描写はないと思う。そして何度も繰り返し、聖書の作者たちは神の「多様な」御業《みわざ》に喜びと驚きを見出しながら、すべてを鮮やかに描き出しているのだ。

現代の自然破壊を聖書のせいだと言って非難する人々は、聖書が生き物の多様性や個性に喜びを見出し、生き物が神聖であると主張してきたことを見落としている。だが、その喜びは——例えばヨブ記の最終章や詩篇の第一〇四篇に見られるように——個々の生き物の差異を無視する科学の抽象的表現よりも、はるかに自然保護の目的に役立つ。経験論者たちは、どれほど宗教の言語が（それは、私がここに引用したような聖書の言語であって、説教者の決まり文句ではない）、経験主義ではとらえることのできない実在について語り、知識を伝えているか分からないのだ。どれほど宗教の言語が、それを用いる人々にすぐれた信仰を教えることができるかが分からないのである。生き物に対する畏敬《いけい》の念は生き物たちに立場を与え、生き物を知覚するわれわれにも立場を与える。それはちょうど、法律によって市民に立場が与えられるのと同じことである。特定のものは特定の光の中でしか見えない。「世界における神々の出現は、神々を信じない者には気づかれずに通り過ぎていく」と、ヘラクレイトスは語っている（Guy Davenport, *Herakleitos and Diogenes*, Grey Fox, 1979, p.21）。知識を単なる経験主義的なものと定義することは、人間の知る能力を制限することである。要するに、それは、人間が感じたり考えたりする能力を弱めることである。

かくして、われわれはもっとよく気がつくということについて、一つの逆説に直面することになる。ウィルソン氏の唯物論は理論的で還元主義的であり、彼の融合の考えでは、「統一」に向かっている(p.8)。他方、信仰を持つ人々はこれまで常に神の内なる真理の統一を信じてきた。神の御業は無限に、なおかつ無数に多様である。このように人間には知ることができない神の内なる真理の統一と、ウィルソン氏の言う知識の理論的統一との間には、天と地ほどの開きがある。ウィルソン氏の知識の理論的統一は、単なる人間が限られた仕方で、最終的には真理を知りうるだろうという仮定の上に立っている。それだから、ここから生ずる結果もまた見事にちがったものになる。神の内での真理の統一という神秘を受け容れることは、神の御業の多様性という栄光へと導かれる。これに対して、ウィルソン氏の言う科学によって生み出される認識の統一が目指しているのは抽象と還元である。抽象と還元の対極にあるのは総合(syntesis)ではない。還元の対極にある原理は、――そして必要なら、その原理に対する充分な答えは――すべてのものに対する神の愛であり、個々のものに対する神の愛である。そして、個々のもののはカテゴリーのためにあるのではなく、それ自身のためにあるということである。

第5章　還元と芸術

ウィルソン氏が「芸術」ということで意味しているのは、「文学、視覚芸術、演劇、音楽、舞踊などの創造芸術および個人によるその作品であり、これらは、真実や美と呼ばれる……芸術に固有な性質によって特徴づけられる」(p.210)。さらに彼は、「芸術を決定的に特徴づけている性質とは、人間の心理的情況を情緒や感情によって表現することであり、人間のあらゆる感覚をはたらかせて、この心理的情況の秩序や無秩序を呼び覚ますことである」(p.213) とも述べている。また、芸術と科学を厳密に区別して、こう述べている。「生物学が人間を学問的に解明する重要な一分野を担うのに対して、創造芸術それ自体は、生物学でも他のいかなる科学の分野でもとらえることはできない。その理由は、芸術の役目がもっぱら人間の経験の複雑な部分を、美的・感情的反応に強く訴えかける手段を用いて伝達することにあるからである。芸術作品は心から心へと直接に感情を伝えていくが、芸術にはなぜそのような影響が生ずるのかを説明する意図は全くない。この決定的に重要な性質によって、芸術は科学の対極に位置する」と。

科学と芸術のちがいについては、さらにこうも言われる。「人間本性 (human nature) に取り組む上で、科学はきめが粗く総合的な性質を持つが、それとは対照的に芸術はきめが細かくそのすき間を埋めることになる。科学がねらいとしているのは原理を作り上げることであり、その原理を生物学に応用して、さまざまな生物種を判断する上で手がかりとなるように、それらの性質を明確にすることである。これに対して、芸術のねらいは人間本性の細かな部分を肉付けして、その同じ性質をより鮮明に、はっきりと分かるようにすることである」(pp.218-219)。

このような科学と芸術のちがいが示されるにもかかわらず、ウィルソン氏は、科学と芸術を「融合的説明」によってつなぎ合わせるか、一つにまとめることができると主張している。この融合のための手段は、芸術がいかに生ずるかを科学的に解明することであり、この科学的解明は、「融合的説明にとっては、科学と芸術をつなぐ論理的道筋である」(p.211)。ウィルソン氏によれば、芸術に関して、「解明の中心」となるのは、以下の二つのことである。すなわち、「人間の歴史的経験や個人的経験において芸術はどこから生ずるか、また真実や美といった芸術の本質的性質を日常言語でいかに説明することができるか」という問題である(p.210)。芸術の起源の解明は、「科学の知識と科学が将来その分野を独占することになるだろうという感覚によって」、再活性化される必要がある(p.211)。このように再活性化されることで、ウィルソン氏の予想では、最終的には(理論的にそうなるのか、証明によってそうなるのかは明らかではないが)、芸術の起源が「生まれつきの人間本性」――すなわち「人間の心の物質過程」にあることが明らかになるだろう(p.216)。ここで再び、心は頭脳に等しいものとみなされる。言い換えれば、芸術を融合という手段によって説明できるかどうかは、脳のメカニズムを説明できるかどうかにかかっている。ウィルソン氏の言葉をさらに引用しよう。

「もしも脳のメカニズムが科学的に解明され、その試みの一部として永続的な芸術理論が作り上げられるとするなら、科学と芸術を融合するために、段階的に脳学や心理学、進化論的生物学が貢献することになるだろう。さらにこの過程では、芸術における創造的精神を理解するために、科学者と人文学者との共同作業が必要になるだろう。

この共同作業は今はまだ初期の段階であるが、おそらく最終的には技術革新によって、神経回路や神経の伝達と解除という複雑な仕組みに基づく、具体的な生物学的プロセスが明らかにされることだろう」(p.216)。

ウィルソン氏によれば、偉大な芸術家は一般的に遺伝子的才能に恵まれている。その理由は、「個体の神経 - 生物学的特質」によるのではなく、むしろ偉大な芸術家には、「才能に恵まれていない人々に比べて、芸術的創造力が量的に多く与えられていることによる」。そして、この芸術的創造力が量的にまさっていることから、「質的に新しい」作品が生み出されるのだと言われる (p.213)。ウィルソン氏によれば、芸術は遺伝子の進化と文化の進化という二つの側面から説明できる。すなわち、一方で文化の進化は「人間本性の発生規則」の支配下に置かれており、この発生規則に従って、人間の創造的精神が「一定の思考や行動」に向かうことになる。逆に、人間の創造的精神は「文化の進化を方向づけており、それによって芸術の主要なテーマを形作る原型や、広範に繰り返し現れる抽象化、中核を成す物語が創り出される」(pp.217-218, 223)。極めて永続的な価値を持つ芸術作品は、人間本性における芸術の起源から見て最も真なる作品である。「結論として、最も偉大な芸術作品でさえ、原則的には、それを生み出す生物学的進化の発生規則という知識によって理解されるようになるかもしれない」(p.213)。

ここまで意識的に、ウィルソン氏の「芸術の生物学的起源」という「作業仮説」(p.229)を要約しようとしてきたが、私にはどうしてもうまく理解できない残りの部分があって、その部分を要約の中に含めることができない。例えば二一八ページでは、「芸術は生まれつきの本性により、一定の形式やテーマを関心の対象にしているが、それを別にすれば、芸術は自由に作られる」［傍点はウィルソン氏］と述べている。仮に芸術の形式やテーマ、とりわけ芸術の形式が芸術家の生まれつきの遺伝子配列によって決められているとするなら、芸術作品を形作るさいにどれほど自由の余地があるのかが明確でない。ここで求められるのは具体的な芸術作品の分析であろうが、その場合、芸術作品のどの部分が「生まれつき」の部分であり、どの部分が「自由に形作られている」かを示す必要がある。また、芸術において生ずる目新しさがすでに「具体的な生物学的プロセス」として説明されたとしても、「質的に新しい」作品の中では、生まれつきの部分と自由に形作られた部分がどのように結びついているのかを示す必要がある。

さらに私にとって理解しかねるのは、芸術の性質が「人間本性にはっきりと付着したもの……によって測られる(measured)」という言い方である(p.226)。もしも芸術の形式やテーマが、「生まれつきの人間本性」(「人間の心の物質過程」)によってあらかじめ決められているなら、その形式やテーマが人間本性にどのように付着しているのか。自然の状態としてあらかじめ決まっている生物学の体系において、芸術という非自然的なものがいかにして生ずることができるのか。もしくはいかにしてそれをとらえることができるのか。今や必要なのは、人間本性に付着していない芸術作品の具体例であるが――もしものような作品が生み出されるなら、ウィルソン氏が幻想と呼んだ自由意志の正しさを立証することになるだろう。だが、生物学的決定論の体系において、とりわけ芸術作品が良いか悪いかという質の問題がいかに生ずることになるのか。あらゆるものが生物学に起源を持ち、自由意志が幻想であるとするなら、すべては当然のことになってしまい、芸術作品が良いか悪いかという質の基準は不適切となり、芸術作品を批判的に判断することもまた幻想だということになる。

*

だがウィルソン氏の「作業仮説」には、私がよく理解できる部分でさえしばしば誤りがある。

まず最初に、彼が多くのまちがいを犯している理由は、芸術を「情緒や感情によって人間の心理的情況を表現すること」や「美的・感情的反応」に限定したいと思っていることから来る。もちろん芸術は、われわれが生まれながらにして持っている手段、すなわち言葉、色彩、形、音などによって「表現」される。この手段には知識も含まれる。これらの手段は教えることができる。文学は少なくとも事実を伝えたり、明確な証拠を提示したり、論拠を示すことができる。『失楽園』は、ウィルソン氏の『融合』の中ではまともに論じられている唯一の文学作品だが、ウィルソン氏の提唱する芸術のテーゼから見てとりわけ不幸な結果になる。かの詩『失楽園』におけるミルトンの目的は、情緒や感情によって人間の心理的情況を表現することではないと、ミルトン自身がはっきり述べているからである。すなわち、ミルトンによれば、その詩の目的は「永遠の神の摂理を説き、神の配慮《おもい》の正しさを人々に証明《あかし》する」ことである（第一巻、二五～二六）。彼の詩は、とりわけそのためのすぐれた論証なのである。『失楽園』を読むなら、確かに情緒を感じたり、経験したり、読者が美的・感情的に反応せざるをえない。だが、われわれはまたその詩について考え、理解し、批判的に判断するために心のすべてを用いなければならないだろう。ミルトン自身は、彼の芸術がもっぱら「科学の対極にある」という指摘を聞けば、憤慨したであろう。

ウィルソン氏は芸術を科学の対極にあるとみなすことで、芸術から科学を締め出そうとしている。このことは理論的には容易であるかもしれないが、実践的には困難である。いかに芸術が科学から影響を受けているか、時には科学が芸術の主題を提供してきたかを考えるなら、そのことは分かるはずである。ダンテの『神曲』から天文学を取り去るとか、ソローの『ウォールデン』（副題は『森の生活』）から生物学を取り去るのは、実際問題として無謀な行為である。

だが、ウィルソン氏はまた、科学から芸術を締め出したいとも考えている。彼は、「科学者と人文学者の共同作業」が必要だと語っているが、人文学者にどのような役割を求めているかはほとんど理解しがたい。例外は、せいぜい文献表を作るぐらいのことだろう。ウィルソン氏の「芸術の生物学的起源」という「作業仮説」は、厳密に言って、一つの科学上の仮説であり、そこで提案されているのは科学が行う仕事だけである。明らかに、ウィルソン氏が提唱する会議には、たとえばミルトンの信仰や詩の目的、ミルトンが祈りによって天のミューズを呼び出したのは重要だと考える、いかなる人文学者も含まれないだろう。その会議のために選ばれる人文学者たちとは、ウィルソン氏の唯物論に賛成する学者たちであるだろう。そこでは、いかなる場合にも、ミルトンが（また他の多くの芸術家たちが）芸術家を代表するとはみなされないだろうし、仮に代表するとみなされたとしても、ミルトンは誤解されることになるだろう。

　ウィルソン氏は芸術を「遺伝子と文化の共同進化」の産物とみなしているので、当然のことながら、芸術を「生存と再生産」の目的に仕えるものと考えている（pp.224-226）。この点で、私は彼に同意できることをうれしく思う。私は、進化を生命についての究極的説明とみなすことにはほとんど感心しないが、芸術がわれわれの生存や再生産に役立つことは大いに確信している。さもなければ、恋の歌がこの世にあることや、恋の歌が有効であることを否定しなければならないだろう。しかしながら、種の生存ということだけでは芸術の存在理由を充分には説明できないし、しかも（芸術作品が良いか悪いか、その質が問題になるなら）、種の生存ということから、芸術批評にふさわしい基準は与えられない。思うに、「生存の価値」とは最小限のものに関わるものであるにちがいない。というのも、いかなる種も最大限のものに依拠しているかぎり、生き残るためにはあまりにも脆《もろ》いからである。人類が生き残ったのは飢えを乗り切る能力のゆえにであって、贅沢《ぜいたく》をしながら生き残る能力のゆえにではない。生存は最小限のレベル——貧困、亡命、強制収容所での——において可能なのであり、この能力は単に生存し続ける能力や耐え抜く能力として、まちがいなく本能、つまり「生まれつきの人間本性」に多くを負っているのであって、これは学ばれるのではない。だが、生き残るということは、人生を全うするほど高度なものではないし、生き残った後にも、つまり欠乏や飢え、貧困、病気、悲しみの後にも自分の人生を生き続けたいという欲求と同じではない。生存よりも高いレベルで生きるということは、人間が生涯を通じて生きることを求め、そう願うことであり、これには避けられない悲しみや困難が伴う。それだから、高いレベルで生きるには、遺伝子的決定や発生論的規則を越えて、慎重に教えられ、学ばれねばならない文化が必要なのである。高いレベルで生きたいという欲求には、明らかに「生存の価値」も含まれるが、生存の欲求と生きる欲求は二つの異なる欲求であり、後者は前者よりもっと意識的で、もっと慎重で、もっと多くの教育や文化の面での選択に関わることである。

ウィルソン氏は人間本性をあたかも生まれついたものだけのように、つまり進化の産物だけのように語っている。それだから、彼は、芸術について語るさいにも進化と同じように語るしかないのだ。彼の根本的な誤りは、科学と芸術を融合しようと提案しながら、芸術作品を生物と同じように自然の性質によるものだと考えることにある。（こうして彼は、還元主義の公式を拡大して、芸術作品＝生物＝機械と考えているのだ。）彼は芸術作品を「才能」の産物と理解しており、人工的なものだとは考えていない。つまり、芸術作品が教えられ、学ばれることで存続する技術によって作り上げられるとは考えていないのである。彼は、『融合』の二一三ページで一度は、芸術の大家は「卓越した知識」と「技能」を持つと述べているが、そのような知識や技能が生き続け、伝承される文化の連続性についてはどこにも語ってはいない。彼の関心は、もっぱら芸術家の「才能」と、芸術家が「生まれつきの人間本性を直観的にとらえること」にある（p.213）。彼は、芸術とは〈ものごと〉を作り上げる方法であり、芸術作品が作り上げられたものであるとは考えていない。彼は芸術について、芸術はどこから生ずるか、また芸術の性質を日常言語でいかに説明することができるかという二つの問いを掲げているが、芸術がどのように作られるかを問わないのである。それだから、芸術や人間本性を単なる「自然のままのもの」と考えることができるのである。要するに、彼は人間本性を「生まれつきのもの」とみなしており、人間本性が生まれつきのものであると共に、（とりわけ）芸術作品から学ばれるものとは考えていないのである。もしも人間本性が（それゆえ、芸術などの場合のような人間本性の現れ方のすべてが）単に自然のままのものであるとか、生まれつきのものだとすれば、人間本性についての研究はそのような研究の主題でしかなくなる。つまり、人間本性が良いか悪いかを判断する基準は必要ではなくなる。もしも人間本性もまた学ぶことで形作られるのであり、ある程度までは芸術によっても形作られるとするなら、それが良いか悪いかを批判的に判断することが可能でもあり、必要でもあり、われわれは意志や選択という問題に関わらねばならない。例えば、文化や芸術におけるわれわれの選択が、この自然の世界にいかなる影響を与えるかと進んで問うようになるだろう。そして、この点で、われわれは「純粋」芸術もしくは「創造」芸術を実践的技術や経済的技術から切り離すことの誤りに気づくことができる。われわれの大学が純粋芸術に対する活発な批評には支援しているというのに（これは純粋芸術に関する専門的基準や職業的基準による批評であり、純粋芸術がこの世界に与える影響を全く無視している）、なぜ農業や林業や鉱業や製造業に対する批判には支援してはならないのか。もちろん、この問いには粗雑な進化論では答えることはできない——生き残る人々は自分たちを養ってくれる企業に嚙み付くわけにはいかないのだ——だが、自然保護論者にはこのことはおよそ心配の種となるはずである。

最後に、芸術にとって、まず第一に要求されるのが目新しさ（「質的な新しさ」）であるなら、なぜ、われわれはもはや新しいとは言えない作品に今なお興味を持ち続けるのだろうか。

＊

ウィルソン氏の言う「説明という共通の土台」によって、科学と芸術を「つなぐ」ことができるだろうか。その答えは、どの程度まで芸術を説明に還元できるかによる。ウィルソン氏の融合の計画は、芸術作品が科学的「解明」に委《ゆだ》ねられうるという前提に立っており、この解明は生物学の法則に、最終的には物理学の法則に結びついている。言い換えれば、芸術作品に対する充分な反応とはそれを「解明する」ことである。それどころか、その解明によって得られた結果が、その芸術作品の良さと同じかそれに等しいとみなされるのだ。ウィルソン氏によれば、「芸術批評は、それが取り組む作品と同じく、遺伝子的特性によって生み出される」(p.210)。(彼のものの見方に一貫しているのは、まさしく直観が呼び覚まされる可能性を否定することであり、また「呼び覚まされる」という言葉を賞賛を表す用語として用いるのを否定することである。だが、彼が知的な意味ですぐれた特性とみなす遺伝子的特性と、これをなんとかして遺伝子の法則や原理に還元したいという、彼の願いがいかに調和するかは明らかではない。)芸術作品の価値が解明の結果しだいだということは、さらに進んで芸術作品に対する関心がもっぱら範例とか標本でしかないということであり、このことは芸術作品を説明できるというだけでなく、実際には誤った説明がなされるということである。

このことは、あたかも芸術作品が、そこから意味や原理や法則を引き出すことができるように作られているると言えるなら、もちろん正しいだろう。問題は、芸術作品がそのようには作られてはいないということであり、この点では、芸術作品は実際には生物とほとんど同じように作られているのだ。アメリカコガラは解剖学の原理や航空力学の法則、アメリカコガラという種の生活史を具体化するために作られているわけではない。これらがアメリカコガラから導き出されたとしても(あるいは取り去られたとしても)、それでもアメリカコガラは説明されたことにはならない。

私はしばらくの間、この問題を考えたすえに、本当に説明できるものとは説明それ自体にしかないのではないかと考えるようになった。このことは完全に正しいというわけではないが、私が忘れたくない真実にかなり近い。

何が説明できるだろうか。実験、観念、さまざまな型（パターン）、因果関係、一定の限られた範囲での結びつき、さらには計算したり、グラフ化したり、図式化したりできるものは何でも説明できる。とはいえ、説明は説明されるものを何でも説明できるものに変えてしまう。説明とは還元的性質のものであって、包括的性質のものではない。われわれが何かを説明しようとすると、たいていは何かが残っているということに気がつくのだ。説明はバケツであって、井戸ではないのである。

何が説明できないだろうか。私は生き物は説明できないと思う。生命も説明できないだろう。それだから、生き物や生命についてわれわれが知っていることは絵に描かれたり、物語になったり、歌われたり、そのために踊りを踊ったりする必要があるのだ。絵や、物語や、歌や、舞踊は説明できないと思う。芸術はまさしく説明の対極にあるからこそ、必要不可欠なのである。

芸術は、本質的に、ウィルソン氏が従わせたいと願っている還元のやり方に抵抗する。この抵抗は二つの仕方で現れる。一つは、芸術はその主題を決して他のものに還元できないということを強く主張することであり、二つ目は、芸術作品は、対象として、生まれながらに決して他のものに還元できないということである。

芸術の力は個々のものに個性を与えようとすることにある。そしてこの傾向こそ、個人の価値や個性の価値を認めるということ〔個々人をそれ自体として肯定すること〕なのである。われわれの文学において、イギリス中世の代表的な道徳劇『エブリマン』や『天路歴程』といった作品にはいくつかのアレゴリー（寓意）があるというのは正しい。これらの作品では登場人物たちは抽象的なものを表している。だが、このジャンルは――重要な作品を含んでいるけれども――少数派である。われわれの芸術的伝統の主流は聖書やホメロスの叙事詩から発しており、個性を与える偉大な作品から発している。これらの作品では、さまざまな登場人物たち、すなわち英雄や預言者たちだけでなく、子供や主婦、官吏、売春婦、収税吏、豚飼い、老いた乳母たちや動物たちを正確に描き出すために立ち止まる。この伝統は神聖なものであるとともに民主的であり、この伝統に従って、オデュッセウスとペネロペ〔オデュッセウスの貞淑な妻〕、エウマイオス〔ホメロスの『オデュッセイア』の中に出てくる豚飼い〕とエウリクレア、ダヴィデ王とマグダラのマリア、バスの妻〔『カンタベリー物語』の第二三巻〕、ダンテとヴェルギリウス、リア王とロザリンド、羊飼いのコリンとフォルスタッフ、トム・ジョーンズ、エンマ・ウッドハウスとナイトリー氏〔ジェーン・オースティンの『エンマ』〕、エイハブ船長〔『白鯨』〕、ハックルベリー・フィン、デューバーヴィルのテス〔ハーディーの『テス』〕、レオポルドとモーリー・ブルーム〔ジョイスの『ユリシーズ』〕、ジョー・クリスマスとレナ・グロウヴ〔フォークナーの短編『八月の光』の主人公〕たちの姿が与えられているのだ。これらの登場人物たちが、いかに人間の探求や逃亡、苦難、愚行の数々を「象徴的に表す」にしても、それぞれの人物たちはそれ自身の姿を表すものとして、断然、個性が尊重されている。これらの登場人物たちはみな、人間に共通で豊かな経験に由来する。それだから、彼ら一人ひとりが決して同じだとは認めないのである。この伝統は、フランドル地方に固有な風景の中に収まった、本物そっくりの羊飼いの肖像画についても当てはまる。このことはまた、数多くの聖母マリアの肖像画にもはっきりと表れている。その絵の中には、聖母はキリストの母であると共に、芸術家にとってポーズをとったごく普通の娘としても表現されている。

芸術の最も真なるあり方はその主題を高めることにあるのであって、何かに還元することにあるのではない。ウィリアム・ブレイクが言うように、極めてすぐれた芸術が可能にするのは、

一粒の砂の中にも世界が見えるようにすることであり、
そして、一輪の野の花の中にも天国が見えるようにすることである

（*Complete Writings*, p. 431）

われわれを納得させるように聖母マリアの肖像を描くのは、キリストがこの世に生まれ出るには人間としての母が必要であったと気づかせるためである。地獄から天国への天路遍歴や、グロスター伯やリア王の極貧の苦しみへの変貌が信じられるように描くことは、それを永遠のものとして記憶にとどめるときが必要だからである。それとは反対に、ウィルソン氏の科学は一粒の砂の中に世界を見ることはできない。それは分類し、名前を付け、砂粒を説明し（限られた範囲で）、ますます小さな断片に分解していく。このような仕事がすぐれているとか、価値があるとか、役に立つと言えないことはない。だが、そのような仕事がウィリアム・ブレイクの想像力と同じではないし、置き換わることはないというのには理由がある。ブレイクのこの詩の一節は、われわれに生命の不思議な力を思い出させるからである。このニュースは長い伝統の中で何度も伝えられてきたからである。それは証明できるものではない。た

だ語られたり、示されたりすることができるだけである。

＊

いかなる芸術も、それがひときわすぐれているなら、その主題や、その素材、その完成した作品を何ものにも還元できないことを自ら主張している。すぐれた芸術はみな、それ自身の中に固有の価値あるもの、他のものとは交換できないものを作り上げている。単に有能なだけの大工にとって、一枚の共鳴板は他の共鳴板とほとんど同じだろう。だが、すぐれた職人やすぐれた家具職人にとっては、どの共鳴板も一つしかないユニークなものである。木工職人がすぐれた芸術家になればなるほど、彼もしくは彼女はそれぞれの共鳴板の個性に気づくようになり、それらのちがいを見分けることができるようになる。職人の技術が向上することは、知覚が向上することを語っている。

同じことは農夫についても言える。有能な農夫であれば、種《しゅ》の性質や動物の品種について知っているにちがいない。だが農夫がすぐれた農夫になればなるほど、彼もしくは彼女はそれぞれの動物の個性についてますます気づくようになる。すぐれた畜産家であれば、「どの動物もみなちがう、同じものは二つとない」と言うのを、われわれは耳にする。何世紀にもわたって、家畜の品種改良という理想はクローンを作り出してはこなかった。確かに、家畜の「タイプ」を認めることは重要である。だが、個々の動物の際立った個性を認める能力は最も重要なことである。

分析的な還元主義に対する最も明白で、最も強烈な非難は――このことは通常は批評家によって無視されているのだが――『ハックルベリー・フィンの冒険』の冒頭にある「注意」の中に見出される。そこでは、こう述べられている。「この物語の中に動機を見出さんと試みる者は起訴さるべし、教訓を見出さんと試みる者は追放さるべし、筋書きを見出さんと試みる者は銃殺さるべし」〔石川欣一訳、筑摩世界文学体系、一九六六年刊、二三三ページ〕。ここでマーク・トウェインが言いたかった重要な点は、この本には何らの動機も、教訓も、筋書きもないということではないだろう。むしろ、その動機、その教訓、その筋書きは全体としてこの物語に固有であり、この物語全体を通してのみ伝えられるということである。この物語から、その動機や、その教訓、その筋書きを実験室でのカエルの器官のように断片的に取り出して研究することはできない。そして、そのための理由として明らかなのは、『ハックルベリー・フィンの冒険』の価値は、その動機や教訓や筋書きにではなく、その言語にあるということだ。この本に価値があるのは、その物語が語られるからであって、それについて説明されるからではない。

あるいは、芸術における還元の問題は、ある言語で書かれた詩を別の言語に翻訳する問題として言い表すことができるかもしれない。問題は、詩が言語で出来ているということ、つまり詩が言語だということだ。確かに、ある言語の「意味」を別の言語に翻訳することはできる。だが、一片の詩をいかにしてある言語から別の言語に翻訳するかという問題は、ある言語を別の言語にいかに翻訳するかという問題と同じである。われわれは言語そのものを翻訳することはできない。それだから、詩の翻訳者は自分の仕事が不十分なものであることを翻訳の根本的条件として受け容れねばならない。詩の翻訳者は自分の翻訳がたかだか原作の次に良いものだという地位に甘んじなければならない。つまり詩の翻訳とは、成功するか失敗するかはともかく、自分自身の言語で書かれた新しい詩を生み出すことであり、同時に、それは原作に近いか、もしくは影のようなものであることに甘んじなければならない。いまだかつて翻訳と原作が等しいとは、誰もが認めてこなかった、と私は思う。

だとしたら、詩を説明に翻訳することはできないし、ましてや詩を絵画に、絵画を音楽に、音楽をステッキに翻訳できると思うことなどもってのほかである。芸術作品はそれを語りうる仕方でのみ語るからである。例えば、美は分析することはできない。美は経験主義的に検証可能な事実ではない。美は計算できる量ではないのだ。確かに、芸術家、批評家、教師、学生は、あるものは美しいし、あるものはそうでないと気づくべきである。できるなら美しいものと醜悪なもののちがいについて学ぶべきである。美しいものがどのように作られているか、またどうしたら美しくなるのかを学ぶべきである。しかし、美の価値が、観念や脈拍数や現金や「日常言語」とどの点で等しいのかと問うべきではない。芸術を生物学や物理学と融合させることで、芸術を解明できると思うことは、文学上の古典がマンガ本や映画と同じように生き延びることができると思うことにほとんど等しい。

芸術において現れる真実もまた、観念として取り出したり、単純な要素に分解できるはずがない。芸術作品について、まず最初にそれを真実だと思わないなら、それを全然気にかけたりはしないし、長い間にわたって気にかけることもないだろう。メトロポリタン美術館にある、ヘラルト・ダーフィト〔十五世紀ネーデルラントの画家〕の『受胎告知』の前に立って、われわれはそれが本物かどうかあれこれ詮索したりはしない。その絵の前に立って、この絵は本物だろうかとか、こんなことは起こりうるはずはないなどとは言わない。われわれはその絵の中に生じている出来事を見るか見ないかである。もしも見ないなら、その前を通り過ぎる。もちろん、その絵に納得したり、その絵にまともに注目するなら、最終的にはその絵に描かれていることが真実かどうかを問わねばならない。われわれは他の絵についての知識や神聖なものについての他の見方に照らして、それを判断しなければならない。われわれが欺かれているのか、あるいは自分を欺いているのかを問わねばならない。にもかかわらず、その絵はそれ自体として受け容れられるか退けられるかであり、分析に基づいて受け容れたり、あるいはルカによる福音書の第一章二八〜三五にある、キリストの生誕についてのルカの証言に基づいて、その絵を受け容れたりするわけではない。その絵はそれが語りうる仕方でのみ語ることを語っているからである。

だからといって、私は芸術において批評が不可能であるとか、役立ちえないなどと言うつもりはない。明らかに、われわれは芸術作品について語る必要があるし、それについて知る仕方を吟味しなければならない。芸術作品について学び、教え、表現し、それがどのように作られているかを研究しなければならない。芸術作品を互いに比較したり、何であれ適用できる基準に照らして評価しなければならない。だが、批評という仕事は芸術作品と同じではないし、それに置き代わることはできない。英語・英文学部や生物学部、さらには融合の計画を推し進めるつもりのすべての学部は『リア王』の分析のために千年を費やすこともできる。だが、これらの分析の仕事がすべて終わったとしても、『リア王』の解明はそうした類《たぐい》のものであり、『リア王』はこれとは全く別の種類のものであるだろう。それだから、芸術の「本質的性質である真実や美は、日常言語で説明することが［できる］」(p.210) という、ウィルソン氏の考えはまずもって芸術の主題からはずれているだけでない。それは、芸術が意味するものからの逸脱なのである。実際、ウィルソン氏が語っているのは、特別な意味を持つ言語が平凡な言語で説明できるということなのである。このことはまた、芸術批評が拠《よ》って立つ基盤としては、あまりにも貧弱である。

最後に残された問題は、芸術批評は科学であるかということである。「科学」というものが証明に基づく知識とか知識を検証するための方法を意味するなら、ウィルソン氏の「芸術とその解明」と題する章は芸術批評というより、科学に近いものである。驚くべきことに、『融合』の二一八ページで、彼はこのことを次のように告白している。「遺伝子と文化の共同進化は、それによって脳が進化し、芸術が発生した基本的プロセスのように、私には思える。この共同進化のプロセスは、脳学、心理学、進化論的生物学などの研究データをつなぎ合わせるなら、極めて一貫した手段とみなすことができる。だが、それではまだ芸術に関する直接証拠としては内容に乏しい」。ウィルソン氏がここで用いている、「私には思える」とか「みなすことができる」とか、「内容に乏しい」といった言葉について言えば、それらの証拠に基づくウィルソン氏の途方もない勝手な思い込みは、不安定な岩の上でバランスをとるときのようにぐらついてしまう。それはピクニックのためにも安心できるような場所ではないのである。

第6章　学校の外での対話

専門分野というものはそれぞれ互いに異なっており、それ自体区別できるものであるが、それはそれで当然のことである。そのような専門分野の中で、とりわけ科学や芸術が基本的で不変的であるということはない。科学や芸術は生命ではないし、この世界全体でもない。それらは道具である。言い換えれば、芸術や科学はひとまとまりの文化的手段なのである。したがって、科学が、芸術や宗教に置き換わることなどありえないし、その理由は、のこぎりでナットをゆるめたり、レンチで板を二つに切ることができないのと同じことである。そこで、さまざまな専門分野について、まず最初に取り上げるべき問題は、それらがいかに生じたかではなく、それらがいかに、また何のために用いられるかということである。

だが科学と芸術が「二つの文化」に分断され、さらに多くの下位文化（サブカルチャー）に分断されているとしたなら、誰もひとまとまりの道具としては使えなくなる。科学や芸術が対話の主題ではなくなり、共同作業に役立つことができなくなる。そして、科学と芸術を融合することによって、一つの文化にまとめることができないとすれば――ウィルソン氏の本にある証拠によってはおそらく不可能であるが――何によってそれらを一つの文化にまとめることができるだろうか。

実際、このようなひとまとまりの道具が必要である唯一の理由は、われわれがこの地上で暮らしを立て、また暮らしを維持していくためである。（この世界とはちがう別の世界で暮らしてみたいとか、仕事をしてみたいと思うような人には、この世界を離れる自由はあっても、帰って来る自由はないはずだ。）われわれがここで暮らしていくということは、文化という、人間にふさわしい仕事であるための道具が互いに協力して用いられるなら、われわれの仕事にふさわしい基準が何であるかが分かるだろうし、また良い暮らしを長く続けていくことができるだろう――そのような良い暮らしとは、実際には、多様な故郷のあり方に合った、多様な暮らし方になるだろう。そのための道具が多様な暮らし方に合わせて用いられないなら、これまで達成してきた暮らしを破壊したり、同じくわれわれの故郷を破壊するために用いられるようになるだろう。

*

さまざまな専門分野の間での共同作業の可能性について考えるにあたり、まず初めに、以下のことに気づかねばならない。科学と芸術が「二つの文化」に分かれて存在しているのは、それが分裂と分断、対立と競争から成る一つの文化に属しているからだということである。つまり、それは植民地主義や産業主義の文化だということだ。このような文化は個人や地方や国家をますます大規模化する集団的経済にますます依存させるようになった。同時に、この集団的経済は個人や地方や国家を際限のない破壊的競争の中に投げ入れ、なりふりかまわず互いに競争させるようになっている。いたるところに見られる、この競争の状態はあらゆるものが互いに敵対し、およそ世界のあり方に反する形式（anti-pattern）を世界の形式とかんちがいするようになってしまった。結果として、あらゆる場所――家族、農場、コミュニティ、地域、国家――での自給自足的な営みが破壊され、さらには世界としての自給自足ですら破壊されつつあるように見える。

この集団的経済は富める企業をますます豊かなものにし、富める企業の数をますます少なくするためにはたらいている。これらの企業では、彼らが唱える「グローバル経済」によって、財産を生み出すのではなく、お金を生み出すのだとされる。そのような「グローバル経済」に従うなら、表土や森林といった世界の財産はお金を増やすために減少しなければならない。このプロセスを可能にするために、企業は専門分野、主として科学に資金提供をしているが、そのお金の一部は「フィランソロピー」（社会奉仕活動）として芸術の分野にも少しずつ流れている。このように、科学や芸術を支援する仲介業者の役目を果たしているのが大学なのである。大学はわれわれの時代におけるさまざまな専門分野の取りまとめ役である。大学は常に建設途中であり、常にお金を必要としているから、財産とお金を対立させる経済の根本原理を受け容れるようになる。かくして、互いに敵対し、競争しあう、およそ世界のあり方に反する形式を世界の本当の姿だとして受け容れるようになる。そこから必然的に、大学は自らが組織するはずの学術研究を専門分野の共同作業を生み出す対話としてでなく、それぞれの専門分野が互いに敵対し競争するようなシステム、つまりシステムに反するようなシステム（anti-system）として組織するようになる。大学は良く生きることや寛大に生きるという、人間の一つの重大な責任を放棄し、さまざまな専門に細分化され、それによって無責任の温床に変えられてしまっている。大学での科学は企業に仕えるように、ますます企業に都合の良いものに細分化されている。他方、いわゆる人文科学はこれまでは少なくとも、時には人間が達成してきたより良いものを守るために自己の誤りを正したり、より良いものを記憶にとどめようとしてきたかもしれないが、その人文科学も互いに分裂して、世界に対する全くの無責任を装っている。人文科学は今や何も語ることがない「伝道者」、何も教えることがない「教育者」に変わってしまっている。

このような文化の分裂、専門の不協和音の状態を、われわれは甘んじて受け容れねばならないのだろうか。ウィルソン氏の言う「融合」ではうまくいかないとしたら、さまざまな芸術や科学を健全でまとまりのあるコミュニティや、共通の目的を持ったコミュニティにまとめ上げることは可能であろうか。エドワード・O・ウィルソンは科学の用語によって芸術と科学を融合したいと望んでいるが——私はこれはまちがっていると思う。そのための正しい対応の仕方とは、芸術の用語を科学の用語で代用することでもなければ、一種のほとんど想像しがたい芸術と科学の妥協を望むことでもない。

私が思うに、そのための正しい対応とは、科学と芸術が本質的に互いに敵対するのかどうかを問い直すことである。明らかに、科学と芸術は争い合うものではないだろう。科学と芸術が何であるかを知るためには、学校のカリキュラム以外の考え方を必要とはしない。ひとたびアカデミックな慣習の殻を破ってみれば、「科学」(science)が〈知ること〉を意味し、「芸術」(art)が〈すること〉を意味しており、一方は他方なしには意味がないということが分かるだろう。学校の外では科学と芸術という二つのものがごく普通に相互に関係しあっており、同じ人間の中で——例えば農夫であれ、林業家であれ——ごく自然に協力しあっているのが分かる。つまり、われわれは〈知ること〉と〈すること〉を同時に行っているのだ。知っていながら、なおかつ何もしないことは多少は可能である。だが、行動しながらもなおかつ何も知らないということは不可能である。われわれは知っているように行動するのだ。一人の農夫が科学と芸術の双方を用いない、つまり科学か芸術か一方だけしか用いないと想像することは不可能である。

さらに科学者と芸術家の間には、その性質上、本質的に克服できないような断絶はないということも明らかである——少なくとも大学におけるあまりにも単純化したステロタイプな見方以外に、克服できない断絶はない。科学者にとっても芸術家にとっても、同じ対話に参加することは可能である。この主題について、私は自分の経験から語ることができる。私は人生の大半を二流の芸術家として、家内工業的な文学の製造業者として過ごしてきた。そしてこの十九年間、私はウェス・ジャクソンとの対話を行ってきた。彼は科学者であり、植物遺伝学者であり、カンザス州サリナにある「土地研究所」の共同設立者である。この対話は初めから協力的で友好的なものだった。それは、私にとっては教えられるという点で必要不可欠な源泉であり、また私の考えをたえず検証する場でもあった。もちろん、ウェスにとってどうであったかを言うことはできないし、対話の質に関しては良いとか悪いとか断言することはできない。ここで大切なのは、まちがいなくお互いが自分の知らない専門を越えて互いに語り合うことができたし、その過程で各自の専門を互いに役立てることができたということである。この十九年間、われわれは何度も会ったり、電話をしたり、覚え書きを交わしたり、手紙の形で対話を続けてきた。そうすることで、ほとんど常にお互い質問し合い、時には応え合ってきたと言うことができる。

われわれの対話についての一つの極めて興味ある事実は、この章の主題から言うと、対話がかつての学校で受けた専門教育によって準備されたのではないということである。ウェスが遺伝学の博士号を取得し、私が英語・英文学の修士であることは、互いに語り合う内容を決めるものにはなりえなかった。ウェスは聖書やさまざまな文学作品についての造詣《ぞうけい》が深いので、彼には、私が語ること以上の準備が出来ていた。彼と知り合う前に、私はおそらく十五年ほど、イギリスの農学者であるアルバート・ハワード卿の著作から影響を受けていたが、このことはウェスの遺伝学の考え方を理解するのに大いに役立った。つまり、農業が長い間にわたって続けられるとすれば、地域の自然のプロセスを模倣する必要があるということである。ウェスは文筆家であるが（われわれは共に評論家である）、私は科学者ではない。彼が完璧に知っていることの一部について、私は全く無知である。私は農業に関する評論の他にも、私が想像する地域のコミュニティの歴史に関する一連の断片的な文章を書いてきた。他方、ウェスは農業を再び新しくするという計画の仕事に携わってきた。それは、生来のプレイリー植物の群落にならい、多年生の穀物を育てることで食糧生産のために必要な耕地面積の総量を減らし、それによって将来的な土壌浸食の破壊率を減らそうとすることである。明らかに、二人の専門は大きく分かれており、二人は受けてきた教育の点でも大きくかけ離れている。それぞれの専門を一つに統合するとか融合するという考えによっては、われわれは共に話し合うことはできない。それでは、この対話を可能にしたものは何であっただろうか。その理由として、以下のようなリストを挙げたいと思う。ここには、現在の専門分野のあり方や組織の前提となっている考え方に対する、かなりの全面的な批判が含まれていると思う。

一、ウェスと私は専門的には分かれており、学校で受けた正規の専門教育に従うなら、あまりにも違いすぎるということもあるだろう。だが二人にとって、学校での専門教育は、それ以前のもっと古い、二人に共通した教育の上に積み上げられたものである。われわれは共に農家で育った。子供のときから農業を知り、農業を尊敬し、農業を愛することを教えられた。農業についての考え方は、子供の頃から今まで、実際の農作業によって知らされ、身につけてきた。そして二人は、この仕事が好きだということである。

二、二人は共に大学で教えた経験があるけれども、――私の方がウェスよりも長く――二人とも大学もしくは「大学というコミュニティ」の中で生計を立ててはこなかった。田舎に住み、農業をする人々の間で暮らし、ずっと農業に関わってきた。二人の話題には常に具体的な場所や具体的な人々、身近に知っていたり、気にかけている場所や人々のことが思い描かれている。

三、問題解決の仕方においては時には異なっていたり、時には同じこともあったが、二人はずっと同じ問題に関わってきた。つまり、土地や人々を破壊する文化と農業システムから、土地も人々も共に守ることができる文化と農業システムに、どうしたら変えていくことができるかという問題である。

四、良い土地利用は科学にも芸術にも（つまり〈知ること〉にも〈すること〉にも）関わっており、どちらか一方だけではとらえられないし、実行できないのだから、一方の専門だけで充分であるとか、どちらか一方だけで適切なものになりうるという幻想を持ってはいない。二人の対話は常にどちらか一方だけでは一つの完全な全体にはなりえない、二つの専門の間でなされてきた。もちろん、この対話がこれほど長く続いてきたのは、幾分はそれが楽しいだけでなく、必要でもあったからである。

五、二人が関心を持ってきた問いは同じであったし、それらはみな、〈適切さ〉という極めて実践的な問いに関わっている。つまり、どうしたら土地や人を上手に使用することができるのか。その良い利用法とは何か。良い知識、良い考え、良い仕事とは何か。どうしたら人間は自分の住んでいる場所に固有な、本当にふさわしいものになりうるのか。この最後の問いは（この言葉はウェスの本『この場所にふさわしくなること』（Wes Jackson, *Becoming Native to This Place*）の中で述べられているが）、二人が関心を持つ主要な問題である。このように問うことは、専門的キャリアを積んだ芸術家や科学者の「二つの文化」からわれわれを永遠に引き離すだろう。

六、二人は共に、芸術も科学も「中立的」ではありえないと考えている。芸術も科学も、その影響と結果は避けられないからである。歴史は続いていく。人間は天の神と物欲の神マモンの両方に仕えることはできない。どちらか一方に仕えずして仕事をすることはできない。

七、二人はそれぞれ自分の専門分野での専門的な言葉を持っているけれども、対話においては必要なときにのみ、それぞれの専門の言葉を使うように心がけてきた。われわれは共に普通の英語を話すことができる。さらにそれぞれの地方の英語を話すことができるし、地方の言葉は二人にとって喜びと正確さの源である。二人の対話では常に地域の具体的な事柄について話すよう心がけている。それはたくさんの固有名詞、場所の名前や人々の名前に満ちあふれている。このような言語という主題は極めて重要なものだが、私は再びそれに戻ることになるだろう。

第7章　基準を変えるために

私がたった今述べたのは、科学者と芸術家が対話を持続させ、互いに教え合い、実りある成果に結びつけようとするなら、大学の外で生計を立てて仕事をする必要があるという意味のことであった。一部の人々はこれに反対しようとするだろうが、それはそれでよいだろう。ただ指摘したいのは、現代の大学では専門分野が分断されているために、専門家の仕事が地域レベルや地球レベルで影響を与えていることにほとんど注意を払わないか、もしくは全く注意を払わなくなっているということである。言い換えれば、大学では、ある専門が別の専門によって問われるかもしれない問題に答えることを、ほとんど求められなくなっているということだ。もしも大学がさまざまな専門分野の間での本当の対話を後押ししていたなら、例えば農学部の研究者たちは、ずっと以前から文学部や理学部や医学部の同僚たちによって問われている事柄を取り上げていたことだろう。そうなれば、大学には、それぞれの専門の役目を果たす活発な知的コミュニティが生まれ、現在のように農村ではますます汚染が増え続けるとか、土地利用のあり方がますます暴力的で破壊的なものになることを、大学が支援することなどありえなかったことだろう。

だからといって、私は決して、大学の専門分野をどのように再編すべきか知っているなどと言うつもりはない。私はそのための方法を知らないいし、誰も知らないと思う。だが私はためらわずに、そのためには専門の基準と目標を変える必要があると言いたい。かつては専門というものがわれわれ自身にとって有益なあり方だと考えられていたものだった。というのも、専門は生計を立てるのに必要であるだけでなく、より重要なことには、専門がお互いにとっても有益だと考えられていたからである。天職という考えがなおも生き続けているかぎり、ある人が金持ちになるとか、権力を持つとか、ましてや人間が成功するように「天から召されている」などということは思いもよらなかったにちがいない。家庭や学校では、専門ということについて二つの理由から教えられてきた。一つは専門によって生計を立て仕事をすることで、個人の自立にもコミュニティのメンバーとしても役立つということであり、もう一つは専門自体が世代を越えて生き続けるということである。

今や、責任あるコミュニティのメンバー、文化の存続、そして他人の役に立つという考えさえもが専門主義というものに置き代わってしまったかに見える。専門教育は専門的能力や専門的基準に従って行われるようになり、そうした基準に従うことで、教育の重点が他人への奉仕や良い仕事、市民であること、コミュニティのメンバーという観念から、単なる「職業訓練」や「専門的キャリアの準備」というものに移ってきたことを物語っている。専門主義が関わるのは場所やコミュニティでなく、専門的キャリアであり、このことが「社会的上昇志向」という現象と、そこから生ずるすべての弊害を説明している。専門主義が奉じている宗教は進歩であり、このことが意味しているのは、専門主義が言葉の上では実用性や現実主義を偏重しているにもかかわらず、専門主義が未来のために過去も現在も捨て去るということである。とはいえ、専門主義が掲げる未来は決して現在になることはないし、実用的になるわけでも、現実的になるわけでもない。専門主義は、未来に捧げるために常に過去と現在を犠牲にするのである。つまり、未来においてはあらゆる問題は解決されるだろうとか、涙は拭い去られるだろうというわけだ――そして、そのような未来が未来であり続けるかぎり、未来には決して到達することはない。未来は常に過去の制約や現在の要求から自由であり、現在手に入れることができるどんなものよりも新しい商品でいっぱいであり、未来において手にするものは現在よりも一層良いものだと約束し続けている。未来とは学問的思考のユートピアである。というのも、実際、そこでは仮説として何でも可能だからである。そして、未来は常に拡大し続ける産業経済のフロンティアであり、未来における架空の財産のために、失われるものはツケとして先送りされ、未来の財産のために失敗は取り除かれるのである。未来は、それを予見するとか、そのために備えるのではなく、唯一売買されるものである。未来において共有されるものとは、正しくはまだ生まれていない人々のものであるが、このような未来における共有財産を売買することで現在が危険にさらされるのである。

*

ウォーレス・ステグナーは、彼の個人的経験と彼が住んでいる地方についての長い間の研究から、アメリカ西部の二つの文化は科学と芸術という二つの文化ではなく、むしろ彼が「ブーマー」(boomers)と「スティッカー」(stickers)と呼ぶ二種類の人間の文化であることに気がついた。〔boomerとは「渡り歩く人」、stickerとは「粘り強い人」の意味〕。彼によると、ブーマーとは「略奪しては去っていく人々」であり、またスティッカーとは「その場所に定住し、自分たちの暮らしと自分たちが住んでいる場所を愛する人々」のことである（Wallace Stegner, *Where the Bluebird Sings to the Lemonade Springs*, p.xxii）。このことはわが国（アメリカ）全体に当てはまるし、おそらく近代や現代の西洋文明のすべてに当てはまるだろう。最初のブーマーはヨーロッパ・ルネッサンス期に現れた海洋航海者たちであった。彼らは黄金を求める人々であった。これまで現れたブーマーたちはみな黄金を求める人々であった。彼らはすべてのものを黄金に変えたいと望むミダス王になるつもりの人々であった。なぜなら、植物や動物、木、食料や飲料、土や水や空気、生命そのもの、さらには未来までも黄金に変えたいと望んでいたからである。

これまで見るかぎり、スティッカーのテーマはなんとかして生き延びようとすることであった。また、古くからの人間の才能、すなわち尊敬、忠誠、近所づきあい、土地を管理し守ることをなんとかして記憶にとどめ、なおかつそれを実践しようとすることであった。だがまちがいなく、近・現代史の主要なテーマはブーマーのそれであったと言える。現代の芸術と科学の主流が、ブーマーの芸術とブーマーの科学であったということは驚くにあたらない。

ブーマーの科学と、ブーマー精神を唱える生産企業の協同作業は、実際に、一切のものを経済が支配する全体主義的経済の状態をわれわれに押しつけることとなった。この全体主義的経済では、いかなる生き物の運命にも（人間もその例外ではない）値段が付けられ、売られることになる。ここではあらゆる物質、あらゆる生き物、あらゆる観念が商品となり、それらは交換可能で廃棄可能なものになる。人間は一切のものと共に商品となる。おそらく、そのような経済に限って、この世界のあふれるほどの地理的多様性と生き物としての多様性に、科学技術と遺伝子による単一文化の専制支配を押しつけることが可能になるだろう。そのような経済に限って、「生物」に特許を与えたり、自然と文化を再び新しくする可能性を破壊することができるようになるだろう。いみじくも「ターミネーター・ジーン」〔意味は〈終止させる遺伝子〉〕と名づけられた種子は――モンサント社の発売する種子の中に植え込まれているのだが――次世代では発芽しない仕組みになっている。これは強制収容所と同じように恐ろしい全体主義的目的の恐ろしさを暗示している。

このような全体主義的経済の征服に芸術や人文科学が手を貸していることは、それらの専門学部や学校、図書館などが夢中になって電子技術を受け容れ（公的な費用を使って）、ますますそれに依存していることからも容易に見て取ることができる。あらゆる歴史が教えるように、実際には、この電子技術は学習とか教育にとって必要不可欠ではないし、学習の面でも教育の面でも目立った改善にはつながらない。このことは、事実上、それに異議を唱えたり、批判したり、それにかかる費用を何ら考慮することなくなされてきた。これまでを見るかぎりまさしく明らかになってきたのは、独創性や技術革新を信奉する人々が、実際には、何でも売りに出されるものを買おうとして、後れを取るまいと互いに足を踏みつけ合っている順応主義者の群集であるということである。

それと同じくらい熱心に、多かれ少なかれ同じくらい我先にと押し寄せるように、この群集が完璧に身につけたのが個人の「解放」（liberation）というスローガンである。だが、この個人の解放は本当の自由ためにはほとんど何もしてこなかった（本当の自由のためには、お互いの本当のちがいや区別を認めることが必要である）。そうではなくて、この個人の解放というスローガンは多くの人々を自分たちの本当の義務と責任――例えば配偶者や子供たちに対する義務と責任――から解放した。とりわけ芸術は、そうした人々に都合の良い、一般に受けの良い言葉を並べ立てることで、巧みにこの種の自由に許可を与える役目を果たしてきた。だが尊敬や忠誠、近所づきあい、土地を管理し守ることから個人が自由になったことと、水や空気を汚染したり、種の絶滅を生み出す企業の自由の間には極めて密接な関係がある。できれば、その計算が正しく適切になされるなら、われわれの現在の「自由」と「必需品」の多くのものが、「安価な」労働力や原料、エネルギー、食糧などの搾取にあまりに多くのものを負っていることが分かるだろう。

われわれの時代にひときわ多く語られる話題は、まちがいなく不倫や離婚の話題である。これは文字通りの意味でも、比喩的な意味でも当てはまる。なぜなら、われわれの時代の支配的傾向は、信頼を破ることや、かつては結びついていたものを分離し分断することだからである。このような話題は、明らかに誰かによって語られたことにちがいない。おそらく、あれこれの形で誰もが語ることにちがいない(理由はまちがいなくそれが経験されたからである)。だが、不倫や離婚の話題がこれまでいかに語られてきただろうか。また、いかに語るべきであろうか。これは重大な問題であるが、芸術批評にとって疑問とすらなっていない。そのような話題が語られるさいには、それを明確にするように、つまりその苦しみや犠牲を想像したり同情できるように語ることができるし、それとも不倫や離婚を何とも思わないように、安易にそれを認め、不倫や離婚を免罪するように語ることもできる。だとしたら、例えば文学は不倫や離婚の話題を、文字通りの意味ではない、それ以上の基準に従って描くことができるだろうか。明らかにそれは可能である。そして文学としては、このことはまちがってはない。

だとしたら、すでに一部の科学者や芸術家たちが実際に試みているように、芸術や科学の基準を変えてみてはどうだろうか。自分たちの仕事の良し悪しを決める最終的な基準が専門主義や利益ではなく、人間と自然から成るコミュニティの健全さや持続性を基準にしてみてはどうだろうか。いかなる技術革新の提案に対しても――これまで、唯一、アーミッシュの人々だけが賢明にもそうしてきたように――そのような技術革新がコミュニティに何をもたらすだろうかと、問うことを学んでみてはどうだろうか。自分たちが住んでいる場所の自然に合った生活様式を採り入れるという、本当の意味での文化の多様性を試みてはどうだろうか。要するに、芸術と科学が自分たちの場所に合っているのかどうか、自分たちが生き延びるのに役立つ力を持っているかどうかを真剣に考えてみてはどうだろうか。

そうなれば、確かに世界は今よりももっと健康的で、もっと美しい、もっと多様性に富んだ興味ある世界になるだろうし、今よりももっと汚染や危険の少ない世界になるだろう。

*

では、どうしたらそれが実現するだろうか。再び、私にはそれは分からないと言うしかない。私はそのための改善策として大規模な公的プログラムなど望まないし、信用してもいない。そのような大規模な公的プログラムなどやって来てほしくない。だが、そのための提案が私だけのものにすぎず、主として私が考えたり、仕事をしたり、行動したりするさいに適用できるものだと私が確信しているとしたら、ここでいくつか提案をしても害はないだろう。以下に挙げるのは、そのための提案のリストである。

一、専門家集団からなる、現在のピラミッド型の経済構造は仕事というものの本来の目的を傷つけ、その結果として、仕事の本来の価値を低く評価するようになってしまった。これは特に土地利用の経済活動に見られる。そうした仕事のあり方に代わって、あらゆる専門分野が生き物の健康や、場所の健全さや、コミュニティの健全さに適切に従うように仕事をすべきである。例えば、科学や芸術が「フロンティア」を開発するよりも、むしろ定住に仕えるようになれば、科学や芸術は尊敬や忠誠、近所づきあい、土地を管理し守ることに従うようになり、さらには愛情や喜びに従うようになるだろう。それによって、人間が生き物であるという性質を変わらずに守り続けていこうと努力するようになるだろう。

二、話したり書いたりするさいには、説明としても定義としても、機械でないものを「機械」とみなすような言葉遣いを止めるべきである。生き物を理解したり、生き物を利用することは、生き物を機械と呼ぶことによっては改善されない。

三、この世界とそこに住む人間の生命が、科学によって機械のように知覚できるとか、機械のように予測できるという考えを捨て去るべきである。人間は知性と知識を持つ生き物であるが、知性や知識は常にまわりの状況に等しいとは限らない。知識の範囲は知識を取り囲む神秘的なものを押し戻してきたにすぎず——その意味では神秘を拡大してきたにすぎない。人間は世界の中に住んでいるが、よく知られるように、世界はわれわれを驚かせたり、欺いたりすることができる。人間はしばしばまちがいを犯すことがあるが、それは人間が無知であったり、愚かであったり、自らの意図や悪意からそうするのである。われわれ自身についての一つの奇妙なことは、長所と短所が相互に関係しあっているということだ。道徳的規準は人間の欠点にも知識にも関わっている。「道徳規則や預言者」が必要だと気づくのは、まさに自らの無知を告白するときである。われわれが約束をするのはまさにまちがいを犯したり、無知だからであり、約束を守るのは賢いからではなく、誠実であることによる。

四、われわれはフロンティアを追い求めるのを止めるべきであり、貪欲《どんよく》や狡猾《こうかつ》さ、暴力からなるブーマーの「倫理」を捨て去るべきである。そして、もうほとんど遅すぎるかもしれないが、目標として定住することを受け容れるべきである。ウェス・ジャクソンによれば、今や学校には上昇志向という一つの専門だけしかないようになってしまった。それに代わって、故郷に帰ることを専門にする必要があると言う。私は彼の考えに賛成であり、一つだけつけ加えるとしたら、「故郷に帰る」ということには故郷を作るということを含める必要があると思う。というのも、今日では、わずかに故郷に残されたものや、場合によっては、故郷が破壊された状態から始めなければならないからである。

五、教師や研究者やリーダーたちに対しては——できれば自分自身に対しても——科学技術の進歩によるプラス面とマイナス面について責任をもって計算するよう求める必要がある。例えばコンピューターを利用し、コンピューターを廃棄物として捨て去ることで生ずる環境へのコストを差し引いた後に、得られるものはどれほどか。「コンピューターが動かなくなった」ときに、失われる時間や失われる仕事の価値はどれほどか。「Y2K」問題を処理するのにかかった莫大な経済的コストはどれほどであったか。

六、われわれは意識して、醜悪なものに寛大であることを少なくすべきである。実際に「進歩の道を歩んでいる」のだとしたら、なぜこれほどまでに醜悪な結果を生み出すのに多くの費用をつぎ込み、努力する必要があるだろうか。人間は自らの限界――規模の限界や、スピードの限界、おそらく費用の限界――について問い直すべきである。これらの限界を越えるなら、人間の仕事はまちがいなく醜悪なものにならざるをえない。

七、ここで、生き物の中に暮らしているということに照らして、還元主義的思考の持つ抽象的カテゴリーの不充分さに気づくべきである。分類に抵抗せよ！　われわれの思考は時には何らかの抽象化を用いずにはまとまりがなく、理解できず、おそらく考えることができないようなことがあるかもしれない。だが抽象化だけでは単なる死んだものしか生まれない。そして、ここで再び言語という決定的に重要な問題に戻ることになる。

公開討論会（その類のもの）ではよくあるように、多くの価値ある言葉が使われることがあるが、今ではその言葉が力と意味を失って、抽象的になり、単なるジェスチャーにすぎないものとなっていることがある。そうした言葉の例として、例えば「愛国心」や「自由」、「平等」、「権利」、さらには「自然」、「人間」、「野性的」とか「持続可能な」という言葉を思い浮かべることができる。このようなリストはもっと長くすることもできるだろう。そうした言葉をわれわれはしばしば何も考えずに、それに対する感情も持たずに使用しており、ただ単に自分がいずれかの立場に立つのを示すためだけに使用しているにすぎない。こうした状況で本当に求められるのはスローガンでもレトリックでもない。むしろ対象を明確に示したり、具体的に語ったり、精確に述べたり、細かな部分についても語りうるような言語——つまり経験や具体例から決して離れることのない言語が必要である。偉大な詩人の作品では、天国のものも地上のものも抽象的ではなく、今ここにあるのだ。そのような詩人の言語は全体的であり、精確である。われわれは天国を無視することで地上の知識を増やすことができると考えているが、それは誤りである。ダンテを放棄したり、ミルトンを見下したりすることで、より一層知的になると考えるなら、それは誤っている。専門家の用いる抽象的で月並みな言語や、政治的に〈差別的でない〉言語によっては、尊敬も親しみも表すことはできない。そのような言語は思慮がなく、基盤もなく、愛もなく、どこにもそんな世界などないような言語である。

そのように全体的で、生き生きとした、具体的に語るための言語が必要だということは、芸術や人文科学と同じく、まさしく科学にも当てはまると思う。というのも、人間にとって必要なのは知ることだけでなく、知られているものを大切に守ることだからであり、まさしく大切に守ることによって知ることができるものを知るということだからである。もしも世界の多様な場所や多様な生き物を守ろうとするなら、それを知らねばならないし、そのためには概念として知るだけでなく、想像力によっても知らねばならない。それらは心の中で、また記憶として思い描かれねばならない。言い換えれば、それらを愛情によって「暗記するように」知る必要があるのだ。われわれがそのように知るのは、それを見たり思い出したりすることで心が「歌う」ように、つまりわれわれがよく知っている、それぞれの具体的な場所や生き物について固有な音楽を作り上げるようにするためだと言えるかもしれない。私はここで、孔子が言葉について、「心から発せられる音」（Ezra Pound, *Confucius*, pp.31, 47）と語ったことの重要な意味を思い出す。想像力をもって知ることは、それを身近に、具体的に、精確に、感謝と、尊敬と、愛情をもって知ることである。

エドワード・O・ウィルソンは『融合』の中で、「今日ではこの地球という惑星全体が本拠地になった」と述べている（p.233）。だが、これは概念的にとらえられた言い方にすぎず、本当かどうかは疑わしい。想像することはさておき、人間は誰も地球全体を知っているわけではない。そして「世界旅行」の時代でさえ、われわれの誰も地球全体に住んでいるわけではない。実際に移動の大変さを考えるなら、多くの人々が（一部の人々がはっきりと言うように）どこにでも住めるわけではない。だが、この地球という惑星のどこかの部分を身近なものと感じて、具体的に、精確に、愛情をもって知ろうとするなら、長い期間にわたってどこか特定の場所に住まねばならない。たくさんの地域の場所や、人々、生き物、ものごとの名前から、それらを心の目で思い浮かべることができるようにならねばならない。

経済によって農業人口を破壊することからもたらされる最も重大な犠牲の一つは、地域の記憶や地域の歴史、地域の名前が失われていくことである。例えば「前の畑」とか「後ろの畑」といった、ぱっとしない呼び名でさえ文化の重要な目印なのである。もしも芸術や科学が学問の専門化に有頂天になることから目覚めるなら、これまで破壊するのに手を貸してきた場所にとどまり、それらを故郷に変えることで歴史を再建したり、名前を思い出すことに着手しようとするだろう。

八、われわれは技術革新よりも熟知すること（familiarity）の方に価値を置くべきである。ブーマーの科学者や芸術家は（いわば）まだ訪れたことがない場所の発見を求めている。スティッカーの科学者や芸術家は自分たちが今いる場所を知ろうとする。熟知することが技術革新と同じく価値があり、必要であり、魅力的な目標になりえないとする理由はない――ここで主張したいのは、熟知することは技術革新や目新しさより以上のものだということだ。熟知することは、確実に、より多くの人々にやりがいのある仕事を与えるだろう。そして実際に、熟知することが及ぶ範囲は技術革新よりもずっと広いものであるだろう。技術革新は常に人間の発明の才能や財力によって限られているが、これに対して、熟知することの限界は生命の限界だけである。経験の本当の無限性は熟知することの中にある。

私自身の経験からも言えることは、同じ場所に何十年も住み、その小さな場所を注意深く研究することは可能であり、さらにその場所はたえずわれわれの理解した通りにならず、理解を越えていることに気づくのは可能だということだ。「その場所」が常にあり、予想したようにならず、変化しているので、その場所が何かに還元されることなど決してない。そこには二日として同じ日が流れることはない。その場所に注意を向けるようになればなるほど、ますますそのちがいに気づくようになる。毎日、その場所に住み、働きながら、たえずその場所についての知識を改めているのであり、たえずそれに驚き、それについてまちがいを犯している。たとえ場所が同じであっても、人間は記憶や経験において年齢を重ねて成長していくのであり、この理由だけからしても、自らの経験や記憶に修正を重ねながら仕事をしていくことが必要である。人間が自分の場所を知っているということは限られた範囲で知っていることにすぎず、その限界は人間の心の限界であって、場所の限界ではない。このことは、この世界における生命の時間的なあり方を表している。ある場所は、今や常にそれを破壊しうるということを別にすれば、無尽蔵のものである。その場所は完全に知られたり、見られたり、理解されたり、正しく認識されたりすることはありえない。

セザンヌがサン゠ヴィクトワール山を描くために何度もその山に立ち返ったこと、あるいはウィリアム・カーロス・ウィリアムズがニュージャージー州にあるラザフォードの町を描くのに長い人生を費やしたことは、今やそれらの場所が主題として使い尽くされてしまったということを意味するのではない。それは、これらの場所が無尽蔵であることを意味している。これには多くの例がある。私がほとんど四十年間、希望や慰めを明確に表すものとして心の中に持ち続けている一つの例は、フランスの昆虫学者ジャン・アンリ・ファーブルの場合である。ほとんど旅行らしい旅行をすることもなく、ファーブルは晩年の三十年余りをセリニャンに近いアルマスという小さな場所で過ごした。その庭は「四方が壁に囲まれた、小石の混じった狭い庭」であり、彼はそこで昆虫や他の生き物の研究に三十年余りの人生を費やしたのである（Edwin Way Teale, *The Insect World of J. Henri Fabre*, p.2)。そして確かに、彼の熱心な研究がそれほどまでに長く続いたのは、その生き物たちが――そして彼もまた――住み着いている場所で昆虫や生き物たちを研究したからである。

新しいものの発見や技術革新に興味を持つことには、本質的に何らまちがったことはない。唯一、それがまちがったものになるのは、発見や技術革新に対する興味を文化や知的生活の規範とみなすことによる。それはまず第一に、文化や知的生活の進むべき方向としてまちがっている。すでに示したように、熟知するという努力も常に発見とか新しいものを目指しており、それはちょうど開発業者や「独創的研究者」たちの探求が発見とか新しいものを目指しているのと同じことである。ちがいは、技術革新がそれ自身のためであり、とりわけ今では技術革新が直接市場に仕えるようになっているという点にある。そのために人間が定住するのを破壊するようになるのだ。他方、熟知することから次第に明らかになってくるのは、地域の文化の型が複雑に仕上げられているということであり、これは定住を目指している。熟知することによって、定住がマンネリ化することが妨げられるのである。

科学も芸術も、それを地域に適用することが大事だとするなら──私はまちがいなくそうすることが大事だと信じているが──熟知するという努力に取りかからねばならない。そうすることで、人間の知識や仕事や経験という終わりのないものにまともに取り組むようになるだろう。だが、神秘に対して取り組もうとするさいにも道を誤ってはならない。この世界には、さらにこの世界におけるわれわれの仕事にとっても、われわれが知るであろうより以上の多くのものがあるからである。

私が知るかぎり、人間の知識や仕事や経験を地域に適用することについての最もすぐれた研究の一つはジョージ・スチュアートの『荷馬車職人の店』(George Stuart, *The Wheelwright's Shop*, Cambridge, 1980) という本である。この本は、「長い間にわたってイギリス人が自分たちを英国の地にますます適応させていく」(p.66) 過程で生み出された伝統的な農業用荷車と荷馬車に注目している。スチュアートの理解によれば、これらの荷車や荷馬車は明らかに地域で考え出されたものであり、その形や構造は長い時間をかけて進化したものである。そこに見られる人々と風景とのやり取りは部分的に意識されていたにすぎない。デザインに見られる独特の調和は、いかなる意味でもはっきりとは説明できないけれども、エレガントな様相を示している。

スチュアートは書いている。「あまりにもすぐれた一つの生き物を描き出すにあたり、どこから始めればよいのだろうか。あらゆる部分が相互に関係しあっているので、それらを見事に調和させるために、どの部分に最初に手をつけたかを言うことは難しい。前輪の直径がおよそ四フィートでなければならなかったのは、この馬車が馬に合わせて作られたからなのか、それとも〈わだち〉に合わせたからなのか。荷台の高さを考えてなのか、それとも回転を考えてのことなのか。あるいは四輪の荷馬車の大きさは御者の平均身長に合わせてそうなったのか、それとも車輪を製造する職人の技術からそうなったのか。唯一知っていることは、素晴らしい調和によっているということであり、これらすべての点で、この地方には荷馬車の前輪に先立つ伝統があったし、その伝統が他の部分にも生き続けていたということである。荷馬車の前方が少しそり上がるようにカーブしているのは、これらの同じ車輪に適していたからなのか、あるいは荷物を考えてのことなのか、あるいは周囲の条件が単にその車輪のために利用されただけなのか。これらの点について、私は初めてその荷馬車を見たときには何も語ることができなかったし、今もそうである。唯一知っていることは、これらの無数の細かい部分について、見事に作られた農業用の荷馬車のどれをとってみても（それがいかに多様な形のものであっても）、それらは生き物のようであり、どのカーブやどのサイズにも、その田舎に固有な必要性と、おそらく地方の木材を用いてそれを作り上げた荷馬車職人の難しい技術の跡が見られるということである」（pp.66–67）。

これは、地域に適用された文化が生み出した一つの手法である。長い間、この手法は人工のものを生み出すにあたって、地域の風景、地域の条件、地域の必要性に合わせることを学んできた。これとまさしく正反対なのが産業主義の方法である。産業主義の方法は地域を無理やりに産業主義の生み出す人工物に合わせようとするものであり、常に地域に対して極めて恐ろしい結果をもたらしてきた。スチュアートの言うように、産業主義の時代が変わっても、「地域が必要としているものが……世界市民的な願いであるとしたなら」(p.75)、今やスチュアートの本が見せてくれる優雅さを守ることからは遠くかけ離れることになる。そして、「科学・技術・産業」の側に見られる発見や技術革新という極めて固い決心と恐ろしく費用のかかる計画からは、スチュアートの描く場所にたどり着くことはできない。そのために唯一できることがあるとしたら、それは熟知することへの、長い時間にわたる、忍耐力と愛情に満ちた努力によってであるだろう。

これに対して、エドワード・O・ウィルソンは、これまでのように「もしも」という言葉から始めて、彼の計画について期待を込めて語っている。すなわち、もしもそれが実現するなら、「いつかはマゼランの航海のように、実在するものの全体を包囲することになるだろう」と(『融合』p.268)。これはおそらく最後の長い航海であり、われわれと「環境」を、生存という最終目的地が見えなくなるところまで運んで行くことだろう。

だがウィルソン氏は、初期の『生命愛』という本の中では、それとはかなりちがった結論を述べていた。その結論を今でははっきりと退けているのだが、私はそちらの方に賛成したいと思う。「自然主義者の旅はまだ始まったばかりであり、その意図と目的は永遠に続いていくだろう。一本の木の幹のまわりを回って、マゼランの航海のように一生を費やすことも可能である」と(*Biophilia*, p.22)。

一本の木であると? さて、生命は奇跡であり、それゆえ興味は無数に、いたるところにある。おそらく芸術家の側からも科学者の側からも、そのための証人を充分に見出すことができる。そうした人々が教えているのは、もしも注意深く見つめることでさらに知性と注意力を磨き、貪欲やプライドを抑えて注意深く仕事をし、信念を持って働くなら、一本の木で充分であるということである。

第8章　結論としての覚え書き

知識を大学の実験室から市場へ持ち出す過程では、それによって生ずる危険性がまだ十分にとらえられているとは言えない。また、この過程を歴史的に見ても、それによって生ずるプラス面とマイナス面の計算がこれまで適切にはなされてこなかった。

リチャード・ストローマンは、バイオテクノロジーの研究開発を目指す企業から大学に資金が投入されることに反対する理由を明確に述べているが、それは、これらの企業による補助金が、大学の研究者にますます製品開発に向かうよう圧力をかけるようになるからである。結果として、研究者が製品開発への関心を強めるようになればなるほど、ますます予測通りになることが期待されるようになる（予測できないものを製品として売り込むことはできないし、長い目で見てそうすることはできないからである）。しかしながら、研究者が予測できることをあまりにも強調しすぎることは実験の文脈を狭めることになり、生み出される製品が現実に与える影響や結果という点では、この世界においてむしろ予測できないことが生ずることになる（*The Daily Californian*, April 1, 1999, p.5; and *The Wild Duck Review*, Summer 1999, pp.27–29）。

このことは、歴史的に見て、農業において内燃機関エンジンが導入されることと類似の関係にある。販売を目的とした講習会では、トラクターが機械としてまちがいなく動くかどうかをテストし、それをクリアしさえすればよい。トラクターのエンジンをスタートさせ、実際に予測した通りにトラクターが動くことが求められる。しかしながら、この世界という広い文脈で見るなら、これらの機械を導入することは単なる機械としての限界をはるかに越えたところにまで結果や影響を及ぼすことになる。トラクターが導入されることで、かつては農業が無料の太陽エネルギーに依存していた状態から、エネルギーを購入し、そのエネルギーに依存することに置き代わってしまうからである。トラクターの利用は一般に農業をますます供給経済に依存させるようになり、その結果、農民は自らをコントロールしたり、影響を与えることができなくなってしまう。すでに何年にもわたって続いている、こうした依存状態は農業のやり方を根本的に変えてしまった。農業のやり方はあまりにも単純化してしまい、多様な植生は単一栽培に置き代わり、輪作は連作に、人間の労働は機械や化学肥料に置き代わってしまった。つまり、トラクターの利用によって（ウェス・ジャクソンの言葉を借りれば）自然の知恵が人間の狡猾《こうかつ》さに置き換えられてしまったのである。トラクターがもたらしたのは広範囲に及ぶ社会や文化の深刻な破壊であった。これらすべての変化は現在もなお進行中である。科学技術の成果や生産高の成果がいかなるものであれ、こうした農業の工業化には犠牲が伴っていたし、このことはこれからも続いていくだろう。機械化によってもたらされる犠牲の大部分は「外部化」されたものであり――自然や一般の人々や未来にそのツケを負わせるということである。

このような事態に対する〈土地供与大学〉の反応は科学技術の礼賛であった。

＊

大学の教授陣や大学当局は、知識が常に良いものだという迷信と、知識がお金の面から見て価値はあるが危険でもあるという事実の間で、全くどうしてよいか分からず混乱している。

実際、専門家たちが自己の誤りを正すとか、まちがいなく新しい知識が古い誤りを埋め合わせることになると考える根拠は全くない。

＊

時代は過ぎてきたが、これまで知識を発見しさえすればそれですむとか、知識だけを世界から切り離し、知識は良いことをもたらすのだと考えればすむような、そんな時代があっただろうか。

このことが、私には、科学自体が不完全であることの印であるように思われる——これはまた、あらゆる学術部門の間での活発な対話が必要なことの印でもある。まさしくそのような対話とは、これまで大学には欠けていたし、実際には大学が妨げてきたような対話に他ならない。

＊

私たちが無知の状態にあるときにはそうすべきであるように、私たちの知識と力を恐れるとしたら、——文化的、宗教的伝統はそうすべきだと教えているのだが——大学の中でも、大学の外の専門家の指導の下でも、さまざまな専門分野を再び結びつけようとするだろう。

現在直面している経済の苦境、倫理や環境保護、環境に関する法律などの分野では、誤りを正すのに、、、、、専門性はそれほどの力にはならないだろう。専門性は誤りを正当化するために用いられるだろう。

＊

禁煙キャンペーンは、喫煙による死亡が政府や社会に高い費用負担を負わせることになると主張している。だが、この禁煙キャンペーンは以下の問いに答えてはいない。死にいたる病気の中で何が最も良い病気であり、何が最も費用負担が少ないか。仮に最も良い病気や最も費用負担の少ない病気があるとして、人々がそのような病気にかかるよう、いかに上手に広めることができるのか。

＊

健康の概念は、人間が死の事実に対して寛大に、節度ある態度で臨むことを認めないとするなら、明らかに片手落ちである。現代医学の死に対する姿勢は実に粗雑であり、機械的で、かたくなに、最終的には残酷なまでに死に抵抗しようとしている。その理由は、死を健康の一部として受け容れること——これは明白なことだ——を拒否しているだけでなく、死そのものが大いなる神秘であり、なおかつ人間の生命と生活全体を取り巻く神秘の一部として死を受け容れようとしないことによる。医療産業の死に対する抵抗は、時には科学の英雄主義の一例を示しているにすぎず、時には無知のものへの恐れを示しているにすぎない。

＊

科学は人間が死に抵抗するよう教えたり、死に抵抗するのを助けることはできる。だが、科学は人間が死に対していかに備えるべきか、良く死ぬためにはどうすべきかを教えることはできない。

いかに死にたいかという問題はおよそ人間の想像を越えた問題であるが、にもかかわらず、生きている者すべてが考える必要がある問題である。それはまた健康の問題、科学が答えることができない健康に関わる問題の一部である。

われわれは家で身近な人々に囲まれながら、「あなたのまわりに神の祝福と平安がありますように」という言葉に包まれながら死にたいと思うだろうか。これはオデュッセウスのために盲目の予言者ティレシウスが予言した死のあり方であり、ホメロスが勧めている死のあり方である。

あるいは、死ぬときにはどこかの極めて有能な医学の専門家の手にかかって死にたいと思うだろうか。

このような生命に対する二つの全く異なる見方に気づくまでは、いかに死にたいかという問いには適切には答えられないだろう。

＊

現代医学が患者の死をまともに受け止めようとしないことは、患者の唯一の生命、経験主義ではとらえられない、かけがえのない生命をまともに受け止めようとはしないことの表れにすぎない。

これと似たことは現代の農業についても言える。現代の農業は、良い農場つまり健全な農場の生命というものをまともに受け止めようとはしていない。だが、人間によって文化として形作られる健全な農場は場所や特徴の点で唯一のものであり、複雑な形式を持ち、その源泉は神秘的なものである。それだから健全な農場の生命とは、「アグリビジネス」や農業大学によって単なる「生産物」に還元されているよりは、何倍も魅力的でかけがえのないものである。

*

パンドラとしての科学（「パンドラ」とは火を使用した人間を罰するために神ゼウスが送った使者）、すなわち探究心や好奇心による科学の活動が、可能性としても現実にも、その弊害を取り除くことはできないという、私の心配はある程度までは部分的なものでしかない。（人間は科学によって武装することはできるが、科学によって武装解除することはできない。）

私がさらに心配しているのは科学の応用に関するものである。一般に、科学の応用は粗雑なものだと思う。この問題は科学の研究から実際の応用範囲に文脈を広げてみたところで解決できない——もちろん、それにふさわしい予防策はあるだろう。研究の文脈をいかに広げても、その影響をどれほど寛大に認めるとしても、それが応用される結果を考えるなら、科学を広い範囲で応用しながら、なおかつ注意深く応用するなどということはありえないからである。科学研究の結果は、最終的には特定の場所に暮らす人々や生き物から成る特定のコミュニティに「返ってくる」。研究の結果が抽象的になり、一般化され、市場向けの形で応用されるとしたら、その研究によって影響を受ける人々や生き物や場所という主体が独特なものであり、コミュニティが独特なものであることが曖昧《あいまい》にされてしまう。このような類《たぐい》の科学研究の応用はほとんど常に破壊的になる。

そうならないために、私が考えることができるただ一つの対策は、科学者たちが（そして芸術家たちも）自分たちもまた将来影響を受けるであろうコミュニティのメンバーであり、未来を共有していることに気づくことであり、それを想像することである。われわれの大学は一部の特権的な人々にリーダーシップと呼ぶ力や影響力があるとみなしているが、メンバーシップのないリーダーシップとは恐ろしいものである。

＊

科学の応用という問題は政治的な問題である。科学が政府や大企業だけに利用されたり、また利用されうるとするなら、科学は専制支配的になる。科学は地域の人々によって、地域的な規模で、地域にふさわしい形で利用されるべきである。そうなれば、地域の健全さを科学を応用するための基準、つまり科学が良いか悪いかを判断する基準として用いるようになるだろう。

科学を理解しない人々によって科学が用いられたり、科学を理解しない人々に科学が押し付けられるなら、科学は常に専制的になるだろうし、常に危険なものになる。

＊

応用的知識とは――科学であれ他のものであれ――技術である。技術者とは、技術をどこで、またどのようなときに用いるべきかを知っている人のことである。良い技術者とは、知識を巧みに、細心の注意を払って世界の具体的な生き物や場所に応用する人のことである。良い農夫、良い建築家、良い医者は、その最も明らかな例である。だが、同じことは潜在的にすべての技術に当てはまる。それゆえ、純粋芸術と言われるものが自分たちを大学の専門家とか職業的専門家とみなすことで、他のどんなことにも関わりなく自分たちの専門に磨きをかけるとするなら、それがいかに愚かなことであるかを物語っている。おそらくこれは、純粋芸術が純粋科学というものを想定し、それを模倣することからきている。

＊

現代科学の営みは、見たところ、完全な知識という目標を目指しているように見える。だが、万一完全な知識を手に入れるとしたら、すべてのことを知り尽くしたなら、行動できるだろうか。われわれは自分が知っていることを応用できるだろうか。それとも、あれもこれも考慮することがありすぎて、金縛りにあってしまうだろうか。知識を一つの円周上にあるすべての点とみなし、そのすべての点を互いに線でつなぎ合わせるとしたら、最終的に真っ黒な円が出来上がるだろう――「情報」だけを必死になって集めることは知識ではない。むしろ実際には、初めにあった白い円と同じものになるだろう。

かくして、すべてのことを知ることは良いことだという考えはおそらく偽りである。常に語られねばならない本当の問いは、われわれが無知の状態であるということから生ずる。すなわち、部分的な知識に基づいていかに良く行動すべきか――細心の注意を払い、思いやりを持ち、取り返しのつかない害を与えることなく、いかに良く行動すべきかということである。

無知の状態に対する対応としておそらく最も適切で自然なやり方は、手に入れられる情報の量を急いで増やすことではない。ましてや急いで知識を増やすことでもない。むしろ生き生きとかつ友好的に、形式や、優美さや、親切さに関わることであるだろう。このことは科学にとっても芸術にとっても「持続可能性」に関わる問題である。

＊

科学と芸術においてわれわれが直面している問題は、私の理解によれば情報の問題ではなく、無知の問題である。別の言い方をすれば、主として量の問題ではなく、形式の問題である。

人間が形式の問題に出会うようになるのは、まさしく無知の状態でものごとにいかに立ち向かうかということによる。無知の者には希望が必要であり、研究によって知るようになるかもしれない。たとえすべてのことを知り尽くせないとしても、われわれが全体的なものや、まさしく神聖なものにすら関わっており、納得できるような形式に達することは可能であるという希望が必要である。

＊

良い技術者とは、ものごとをしっかりと根づかせるために、一つの形式にまとめることができる人々のことである。良い技術者はものごとを形式の中に配置し、その形式を理解し、その形式を記憶できるように、その形式が長続きするようにまとめる仕方を知っている。良い形式はまとめられたものに健康（健全さ）を授ける。農場、家族、コミュニティは、まさしく詩や絵画やシンフォニーと同じく技術の形式である。もしも形式を作らなかったなら、これらのものは何一つ存在しなかっただろう。そのような形式を上手に作ることもできれば、下手に作ることもできる。このような形式の選択は、作られるものの内容とはまた別のものである。

*

技術の形式を実践する上で常に形を与える（informing）のは、この自然界における創造という形式に対する感覚（sense）である。この「感覚」は経験主義で言う知識でもなければ、科学的知識の類のようなものでもない。それは説明するといった類の知識でもない。それはすべての生き物が自分たちの場所で生きていくために、その場所に完全に同化したような知識、知識であることを完全に忘れたような知識である。

*

人間の思考や仕事は、知識自体がどの程度確実でありうるかという問題から逃れることはできない。この問いについて考える上で、私は、神学者のフィリップ・シェラードから学んだ。彼はこう述べている。仮にものごとが進化しており、また人間の意識が他のすべてのものと共に進化しているとするなら、この進化の過程全体をとらえるための視点をどこに見出すだろうか（Philip Sherrard, *Human Image : World Image*, Golgonooza Press, Ipswich, 1992, p.72）。

同じ論点についてもっと実際的に考えるために、今やいたるところで誤って使われている「環境」という言葉を例にとってみよう。この言葉は、それが用いられるさいには、現実の環境は生き物とそれを取り巻くものから構成されているという前提に立っている。だが、実際にはよく知られるように、生き物は環境の中にいるだけでなく、その環境を構成するものでもあるのだ。さらに生き物と環境の関係は相互に形式を与え合っている。この関係は生き物が死ぬことでなくならないかぎり、とどまることのない過程である。だとしたら、この関係を外から見るために、つまり環境に対する自分たちの関わりや影響を確実に予測するために、どうしたらこの関係の外に出ることができるだろうか。

　宗教はこのような問いをもって始まる。だが、この問いに対して、理性が規模と適切さという問題を明確にすることで答えようとするなら、理性ですらその答えを導くことができるだろう。すなわち、仮に自分たちのしていることが何であるかを確実に知ることができないのであれば、理性が忠告しているのは、われわれが謙虚に、忍耐強く、小規模の状態を保ち、注意深く、ゆっくりと進んでいくべきだということである。

*

　現代科学の還元主義について語る上で忘れてならないことは、還元主義が人間の経験や人間による意味づけを、人間が用いるいかなる言語によっても適切に言い表すことができるという前提に立っていることである。このような前提は誤っている。

　私が言おうということを明らかにするために、とっさに浮かんだ例を挙げよう。

私の孫は四歳になるが、今では、父親と私の後にあちこちついて来るようになった。その場所は、私が私の父親や祖父の後について歩いていったのと同じ田舎の場所である。その時が来たら、孫は農業をすべきかどうかを選択するようになるだろう。だが、これまでのところはわれわれはみな農民であった。私の祖父もまた子供の頃に、このように父親の後について見たり聞いたりしながら歩いていったこと、その時はまだ充分には知らなかったけれども、祖父の教育の最も大切な部分がこのようにして始まったということを、私は祖父から聞いて知っている。

そこで、小さな子供が父親の後にぴったりとくっついて畑を横切って行くという、この見慣れた光景の中で、われわれは五世代という長い行進の一部を成しているのだと気づくことになる。私は、この長い行進の中に失われた世代が記憶としてよみがえり、失われた世代がかつての畑を横切って戻って来るのを、われわれの家族が農業をしてきた歴史の全体を見ている。

現代人は知られるものは何でも本やテープやコンピューターディスクに保存され、そうして再びそれらの人工的手段によって学ぶことができると考えがちである。

だが、風景を横切って進む、こうした家族の行進の意味とその文化的重要性、さらにはその実用的価値ですら、語り伝えられることがなければ知ることができないということは、私にとってますます明らかである。これらのものは公共的な価値を持っているけれども、公共的な意味は持っていない。それはあまりにも特殊なものであるために、個々の小さな場所やその歴史に固有なものだからである。そのような場所や歴史に固有なものが失われるということは、まさしく現代における人々の移動や文化の破壊において見られる悲劇である。

そのように、語り伝えられることがなければ知ることができないものが何かということは、以下のような簡単な質問に答えることで明らかになるだろう。自分たちが生まれた場所に固有な風景を横切って進む、このような地方の農家の世代の行進の意味、その文化的重要性、その実用的価値を誰が知っているだろうか。この問いに対する答えは、誰もそんなことなど知ろうとするわけでないと答えればすむほど簡単なものではない。私の孫は確かにその答えを知らない。そして私の息子もそれを知らない——彼はそのいくつかを学ぶ立場におり、もしも幸運なら知ることができるだろうが。

私は（ある程度は）それを知っている。だが私はまた、生きている人なら誰にでもそのことを語ることなどできないということも知っている。私は今、私の祖父と父——彼らは記憶の中に生きている——と私の息子と孫——彼らは目の前の光景の中にいる——とのちょうど中間に位置している。

もしも私の息子が、三十年以上たって、自分の息子や孫と一緒にこのように歩いている姿を見るのを楽しみにするとしたら、彼は、今私が知っているようなことを知ろうとするだろう。

このように、ある場所において時間を経て突き進む、生きた行進は、そのような知識が生き延びることで、また語り伝えられることで記録されるのである。その行進が途絶えたとき、その知識もまた途絶えるのである。

訳者あとがき

この本は、Wendell Berry: *Life Is A Miracle, An Essay Against Modern Superstition* (Counterpoint, 2000) の翻訳である。現代アメリカの作家、詩人、評論家、哲学者であり、そして農業を営むベリーは、わが国ではあまり知られていないが、これまでに一冊だけ邦訳がある。『言葉と立場』(谷恵理子訳、マルジュ社、一九九五年)。

原著者のベリーの略歴については、インターネットのフリー百科辞典 *Wikipedia* によれば、以下の通りである。

ウェンデル・ベリーは、一九三四年八月五日、ケンタッキー州ヘンリー郡で、ジョン・ベリーおよびヴァージニア・ベリーの四人の子供の長男として生まれた。彼の父親はタバコ栽培農家であり、ベリーもまた若い頃は父親と同じくタバコ栽培農家になることを望んでいた。彼は、Millersburg Military Institut で中・高等教育を受けたのち、レキシントンにあるケンタッキー大学に進んだ。一九五五年、英語・英文学で学士号を取得、さらに同大学修士課程に進み、一九五七年修士号を取得した。同年、ターニャ・アミクスと結婚した。

一九五八年、ベリーは(本書にも出てくる)ウォーレス・ステグナー奨学金を得て、スタンフォード大学で創作を学んだ。一九六〇年、彼とターニャは故郷の農場に戻った。一九六一年、グッゲンハイム助成金を与えられ、家族と共にヨーロッパに渡った。一九六五年、ケンタッキーに戻り、ケンタッキー大学でしばらく英語・英文学を教えた。後にベリーは大学をやめ、現在は、ケンタッキー川のほとりにあるポート・ロイアルの自営農場に住み、（四十年以上もの間）農業をしている。ベリーは、これまでに二十五冊の詩集または小冊子、十六冊の評論、および十一冊の小説と短編小説集を発表している。〔以上、*Wikipedia* による。ただし、（ ）内は訳者加筆〕。

訳者は、これまで十六年あまり環境問題に関心を持ち、地域で環境保護の活動に関わってきたが、これまでも哲学や倫理の点から、環境や環境保護に関して支えとなる書物を探してきた。その過程でベリーに出会った。おそらく環境との関わりがなければ、ベリーに注目することはなかったし、この本に出会うこともなかっただろう。その意味では、この本を、まずは自然保護や地域の環境を守ることに関心のある人々に読んでもらいたいと思う。この本は小さな書物ではあるが、決して気楽に読めるような本ではない。しかし、じっくりと味読することによって、十分にその要求は満たされるだろう。

次に、原著のタイトル「ライフ・イズ・ア・ミラクル」であるが、この言葉はシェークスピアの戯曲『リア王』の一節からのものである。斎藤勇氏の邦訳（岩波文庫版）では、この部分は、「不思議にもよく助かったもんだ」と訳されているが、劇の台詞であるために、このような訳になったと思われる。元々の意味は、「生命や人生とは不思議なものだ」とか「生命や人生は予測できない」ということであり、もちろん「ミラクル」という言葉の背景には、キリスト教の伝統をひく神による奇跡という意味がある。以上の意味をこめて、訳題は英語のタイトルをそのまま用いた。ただし、冠詞の「ア」は省くことにした。

タイトルからも分かるように、この本の中心的概念の一つは「ライフ」である。英語の「ライフ」には「生命・生活・人生」などの意味があるが、ベリーは科学ではなく、宗教や文化的伝統から生命を解釈している。ベリーによれば、生命や生き物はわれわれの理解を超えた神聖なものである。また、生き物は「機械」ではないし、生命は予測できないというのが、ベリーの基本的な考えである。というのも、「生き物の生命とは、その生き物が置かれた場所で、その生命にとって生ずるすべてのことである」からである（本文、五〇ページ）。それゆえ、生命を単なる生物学的な時間の長さとみなすことは、生命を抽象的に一面だけしかとらえていないことになる。

「生命」と同じく「死」も、われわれにとっては完全には理解できない。生命や死は、われわれの理解を超えた「大いなる神秘」であり、われわれはそれを支配したりコントロールすることはできないのだ。ベリーは、この本の「結論としての覚え書き」の中で、「死を健康の一部として受け容れること」について述べている。「何かを経験するということは、それを〈数字で表す〉ことではないし、ましてやそれを〈理解する〉ことでもない。経験するとは、あるがままの形でそれを苦しみ、喜ぶことである」（本書、八ページ）、というベリーの言葉には説得力がある。

この本の副題には、「現代の迷信への批判的考察」とある。この本はまた科学批判の書としても読むことができる。日本は科学技術の先進国であるために、環境の分野でも、将来的には科学技術が環境の問題を解決してくれるだろうと考えている科学者や専門家は多い。しかしながら、この本を読むなら、環境問題が生じてきた原因の一つが、現在の科学や科学技術のあり方と深い関係にあること、とりわけ生き物を「機械」のようにみなす思考様式にあることが分かるだろう。

ベリーよれば、現代の科学や科学技術の目指すところは、基本的に新しい技術や新しい製品の開発にある。それは、商品として売り出すためである。このことは、科学や科学技術が経済に従属していることを意味する。もちろん、彼は科学や他の専門分野を否定しているのではない。むしろ、科学や他の専門分野について、それを判断するための基準と目標を変えることを提案しているのだ。科学や科学技術、さらには芸術が生命の健康やコミュニティの健全さに仕えるようになれば、それらのあり方が今日とはちがったものになるだろうと述べている。

第二に、この本を翻訳する過程で、訳者が常に考えていたもう一つのことは教育のことであった。わが国では、「経済成長神話」を支えてきた柱は、科学技術と並んで、教育であったと思われる。高い学力や学歴はそれ自体として価値あるかもしれないが（とはいえ、それは一部の人々にとって価値あるものであり、すべての人間にとって価値あるものではないであろう）。だが「高学力」を教育の本質とみなすことから問題が生じてくる。加えて、ベリーが指摘するように、今日では教育に対する考え方がビジネスの思考様式と一体になり、専門的キャリアや職業教育という考え方が支配的になっている。しかしながら、学校や大学で学ぶ主たる目的が職業として高い収入を得るため、指導者になるための「社会的上昇志向」に支えられているとしたなら、それによる弊害も大きなものになるであろう。「仕事で高い収入を得ることがすべてではない」し、「自分がなりたいものなら何でもなれるわけではないし、誰もそんなことはできない」（本文、七四ページ）からである。とりわけ「高学力」や「社会的上昇志向」といった価値観から排除される若者は、大きな失望を味わうことになる。今日見られる、若者の間でのいじめや、見知らぬ人に対する暴力は、自分よりも力の弱い者を攻撃することによって自己の存在を示そうということの表れであり、自分が属するコミュニティ（学校であれ、地域であれ）に対する信頼の欠如の表れとは言えないだろうか。

だとしたら、われわれは教育においても、今一度「生命」であることに立ち返る必要があるだろう。生命を機械とみなすのを止め、教育の内容とあり方を機械的効率や経済効率によって判断することの誤りに気づくべきである。大人がまず子供たちに教えるべきは、生命を大切にすることである。そのためには、大人が生命の大切さやコミュニティの健全さに気づかねばならない（ベリーの大学と教育に対する考え方については『大学の喪失』（未邦訳）で論じられている。Wendell Berry, *The Loss of the University, Home Economics*, pp. 76–97, North Point Press, 1987）。

第三に、本書のもう一つの重要なテーマは「自由」についてである。ベリーは「科学研究の自由」、芸術やマスコミにおける「表現の自由」について、かなりのページを割いて論じている（第三章、6.「独創性と二つの文化」）。近年、わが国においても自由についての考え方は「個人主義」と深く結びついている。マイカーやコンビニ、クーラーや携帯電話といったものは、個人による自由な選択を優先しているからである。しかもこのような個人主義的自由は、企業による経済活動の自由とも深く関わっている。企業が消費財やサービスという商品を販売し提供するさいには、消費者のニーズが最優先されるのであって、そのような商品やサービスが与える影響や、経済活動から派生する環境負荷は軽視されるか、ほとんど無視されるからである。

ベリーは自由を責任との関係から論じているが、それはいかなる人間の行為にも、そこから生ずる結果や行為の影響は避けられないと考えているためである。自由を大切なものと考えているベリーは、現在主流になっている個人主義的な自由には反対している。「自由の価値は自由をいかに用いるかということにかかっている。自由の価値はおそらく自由だけにあるのではないし、確かに無制限な自由というものはないであろう。……自由が乱用されうるということ、そして長い目で見れば、自由とはお互い公平さをどう理解するかにかかっているということこそ、まさしく自由について考える人々によって一般に理解されてきたことである。ということは、われわれは他人の自由を減少させることによって、自己の自由を増大させてはならないということだ」（本書、一〇二〜一〇三ページ）。

ここで考えてみたいのは、「パブリック」ということである。わが国では「パブリック」は「公（おおやけ）」と訳されてきた。そしてパブリックなものの価値は「公益」（＝官つまり役所）と解され、「プライベート」つまり「私益」（＝民間企業）に対比されてきた。だが、これは事業主体を基準にした見方であって、問題はどのような分野が「パブリック」か、ということである。日本政策投資銀行の傍士銑太氏によれば、ドイツでは「パブリックな」分野として、「中心市街地活性化・景観・地域交通・地球環境・教育・観光・医療（福祉）・地域の楽しみ（スポーツ、音楽、芸術などの文化）」という八つの分野が挙げられる。（宇沢弘文編『都市のルネッサンスを求めて』第三章「都市をつなげる、人がつながる」、東京大学出版会、二〇〇三年、参照）。

これらの「パブリックな」分野では、「パブリック」ということの意味を十分にはたらかせることなしには、それらの機能を十分に発揮できないということを意味する。これは公共交通機関が、マイカー（つまり自家用車）によって主たる交通手段から追いやられたことを考えてみれば分かる（それに伴って生じたのは、例えば日本の地方都市のほとんどに見られる慢性的な交通渋帯であり、郊外開発や新たな道路の建設による緑地帯の減少、中心市街地の空洞化である）。さらに、これらの八つの分野では、個人の努力やモラルによって問題解決が可能になるのではなく、地域における具体的で明確なビジョンの形成、住民参加、住民相互の協力が必要である。（傍士氏が「パブリック」を「人を助ける」と訳しているのは適切なことだと思う）。例えば、駅や学校、図書館、大学、病院、公共交通機関などはパブリックな場であり、多くの人々が利用することが前提である。特に携帯電話や通信技術が発達し普及した現在において、プライベートとパブリックの区別は重要である。それだから、教育において大切なことの二つ目は、パブリックな場における振舞い方を大人が子供にきちんと教えることではないだろうか。そのためには、大人がまずパブリックな場について知る必要があるだろう。

以上、あとがきのつもりが、まちづくりや環境、教育の範囲にまで広がってしまった。いずれにしても、本書はこれからの地域のあり方を考える上で、多くのヒントを与えてくれるだろう。

今回も、この翻訳作業を行う上で、多くの友人・知人のお世話になった。英語については、友人の赤嶺セーラ、公立函館みらい大学のピーター・ルースベン・スチュアート助教授、広島国際大学のドナルド・E・チェリー助教授、北陸大学のジョージ・ステンソン助教授には特にお世話になった。この場を借りて深くお礼を申し上げたい。妻の成子には、訳稿を読んでくれたことに感謝したい。そして法政大学出版局の平川俊彦さん、藤田信行さんには、本書が刊行になるまでいろいろとご尽力いただいた、記してお礼を申し上げる。最後に、このつたない訳書を、兄夫婦の三国和夫・豊子夫妻に捧げたい。

二〇〇五年七月　　訳者　記

人名索引

《叢書・ウニベルシタス　824》
ライフ・イズ・ミラクル
――現代の迷信への批判的考察

2005年９月30日　初版第１刷発行

ウェンデル・ベリー
三国千秋 訳
発行所　財団法人　法政大学出版局
〒102-0073 東京都千代田区九段北3-2-7
電話03(5214)5540／振替00160-6-95814
製版，印刷　平文社／鈴木製本所

Printed in Japan

ISBN4-588-00824-2

著者

ウェンデル・ベリー（Wendell Berry）
現代アメリカの作家・詩人・評論家・哲学者．1934年ケンタッキー州のタバコ栽培農家に生まれる．ケンタッキー大学で英語・英文学を学び57年に修士号を取得．58年からスタンフォード大学で創作を学ぶ．その後ヨーロッパに渡り，65年に帰国後は母校ケンタッキー大学で教鞭を執る．現在は，ポート・ロイアルで農業を営む（40年ものあいだ）かたわら創作・評論活動を行なっている．本書のほかに *The Unsettling of America*, 1977. *Home Economics*, 1987. *What are People for ?*, 1990. *Citizenship Papers*, 2003. など多くの著作がある．

訳者

三国千秋（みくに　ちあき）
1948年生まれ．金沢大学大学院文学研究科修士課程修了．哲学・倫理学専攻．北陸大学教育能力開発センター教授．訳書：E. ブロッホ『チュービンゲン哲学入門』（共訳，法政大学出版局），S. ジャドソン編『静かな力』（嵯峨野書院），V. クーバー，他『世の中を変えて生きる』（共訳，同）．

叢書・ウニベルシタス

				(頁)
1	芸術はなぜ心要か	E.フィッシャー／河野徹訳	品切	302
2	空と夢〈運動の想像力にかんする試論〉	G.バシュラール／宇佐見英治訳		442
3	グロテスクなもの	W.カイザー／竹内豊治訳		312
4	塹壕の思想	T.E.ヒューム／長谷川鉱平訳	品切	316
5	言葉の秘密	E.ユンガー／菅谷規矩雄訳		176
6	論理哲学論考	L.ヴィトゲンシュタイン／藤本，坂井訳		350
7	アナキズムの哲学	H.リード／大沢正道訳		318
8	ソクラテスの死	R.グアルディーニ／山村直資訳		366
9	詩学の根本概念	E.シュタイガー／髙橋英夫訳		334
10	科学の科学〈科学技術時代の社会〉	M.ゴールドスミス，A.マカイ編／是永純弘訳	品切	346
11	科学の射程	C.F.ヴァイツゼカー／野田，金子訳	品切	274
12	ガリレオをめぐって	オルテガ・イ・ガセット／マタイス，佐々木訳		290
13	幻影と現実〈詩の源泉の研究〉	C.コードウェル／長谷川鉱平訳	品切	410
14	聖と俗〈宗教的なるものの本質について〉	M.エリアーデ／風間敏夫訳		286
15	美と弁証法	G.ルカッチ／良知，池田，小箕訳	品切	372
16	モラルと犯罪	K.クラウス／小松太郎訳		218
17	ハーバート・リード自伝	北條文緒訳		468
18	マルクスとヘーゲル	J.イッポリット／宇津木，田口訳	品切	258
19	プリズム〈文化批判と社会〉	Th.W.アドルノ／竹内，山村，板倉訳	品切	246
20	メランコリア	R.カスナー／塚越敏訳		388
21	キリスト教の苦悶	M.de ウナムーノ／神吉，佐々木訳		202
22	アインシュタイン ゾンマーフェルト往復書簡	A.ヘルマン編／小林，坂口訳	品切	194
23 24	群衆と権力（上・下）	E.カネッティ／岩田行一訳		440 356
25	問いと反問〈芸術論集〉	W.ヴォリンガー／土肥美夫訳		272
26	感覚の分析	E.マッハ／須藤，廣松訳		386
27 28	批判的モデル集（I・II）	Th.W.アドルノ／大久保健治訳	〈品切 品切〉	I 232 II 272
29	欲望の現象学	R.ジラール／古田幸男訳		370
30	芸術の内面への旅	E.ヘラー／河原，杉浦，渡辺訳	品切	284
31	言語起源論	ヘルダー／大阪大学ドイツ近代文学研究会訳		270
32	宗教の自然史	D.ヒューム／福鎌，斎藤訳		144
33	プロメテウス〈ギリシア人の解した人間存在〉	K.ケレーニイ／辻村誠三訳	品切	268
34	人格とアナーキー	E.ムーニエ／山崎，佐藤訳		292
35	哲学の根本問題	E.ブロッホ／竹内豊治訳		194
36	自然と美学〈形体・美・芸術〉	R.カイヨワ／山口三夫訳	品切	112
37 38	歴史論（I・II）	G.マン／加藤，宮野訳	I・品切 II・品切	274 202
39	マルクスの自然概念	A.シュミット／元浜清海訳	品切	316
40	書物の本〈西欧の書物と文化の歴史．書物の美学〉	H.プレッサー／轡田収訳		448
41 42	現代への序説（上・下）	H.ルフェーヴル／宗，古田監訳	品切	上・220 下・296
43	約束の地を見つめて	E.フォール／古田幸男訳	品切	320
44	スペクタクルと社会	J.デュビニョー／渡辺淳訳	品切	188
45	芸術と神話	E.グラッシ／榎本久彦訳		266
46	古きものと新しきもの	M.ロベール／城山，島，円子訳		318
47	国家の起源	R.H.ローウィ／古賀英三郎訳	品切	204
48	人間と死	E.モラン／古田幸男訳		448
49	プルーストとシーニュ（増補版）	G.ドゥルーズ／宇波彰訳		252
50	文明の滴定〈科学技術と中国の社会〉	J.ニーダム／橋本敬造訳	品切	452
51	プスタの民	I.ジュラ／加藤二郎訳		382

				(頁)
52 53	社会学的思考の流れ（I・II）	R.アロン／北川,平野,他訳		I・350 II・392
54	ベルクソンの哲学	G.ドゥルーズ／宇波彰訳		142
55	第三帝国の言語LTI〈ある言語学者のノート〉	V.クレムペラー／羽田,藤平,赤井,中村訳		442
56	古代の芸術と祭祀	J.E.ハリスン／星野徹訳		222
57	ブルジョワ精神の起源	B.グレトゥイゼン／野沢協訳		394
58	カントと物自体	E.アディッケス／赤松常弘訳		300
59	哲学的素描	S.K.ランガー／塚本,星野訳		250
60	レーモン・ルーセル	M.フーコー／豊崎光一訳		268
61	宗教とエロス	W.シューバルト／石川,平田,山本訳	品切	398
62	ドイツ悲劇の根源	W.ベンヤミン／川村,三城訳		316
63	鍛えられた心〈強制収容所における心理と行動〉	B.ベテルハイム／丸山修吉訳	品切	340
64	失われた範列〈人間の自然性〉	E.モラン／古田幸男訳		308
65	キリスト教の起源	K.カウツキー／栗原佑訳		534
66	ブーバーとの対話	W.クラフト／板倉敏之訳		206
67	プロデメの変貌〈フランスのコミューン〉	E.モラン／宇波彰訳		450
68	モンテスキューとルソー	E.デュルケーム／小関,川喜多訳	品切	312
69	芸術と文明	K.クラーク／河野徹訳		680
70	自然宗教に関する対話	D.ヒューム／福鎌,斎藤訳		196
上・71 下・72	キリスト教の中の無神論（上・下）	E.ブロッホ／竹内,高尾訳		上・234 下・304
73	ルカーチとハイデガー	L.ゴルドマン／川俣晃自訳	品切	308
74	断　想　1942—1948	E.カネッティ／岩田行一訳		286
75 76	文明化の過程（上・下）	N.エリアス／吉田,中村,波田,他訳		上・466 下・504
77	ロマンスとリアリズム	C.コードウェル／玉井,深井,山本訳		238
78	歴史と構造	A.シュミット／花崎皋平訳		192
79 80	エクリチュールと差異（上・下）	J.デリダ／若桑,野村,阪上,三好,他訳		上・378 下・296
81	時間と空間	E.マッハ／野家啓一編訳		258
82	マルクス主義と人格の理論	L.セーヴ／大津真作訳		708
83	ジャン=ジャック・ルソー	B.グレトゥイゼン／小池健男訳		394
84	ヨーロッパ精神の危機	P.アザール／野沢協訳		772
85	カフカ〈マイナー文学のために〉	G.ドゥルーズ,F.ガタリ／宇波,岩田訳		210
86	群衆の心理	H.ブロッホ／入野田,小崎,小岸訳		580
87	ミニマ・モラリア	Th.W.アドルノ／三光長治訳		430
88 89	夢と人間社会（上・下）	R.カイヨワ,他／三好郁郎,他訳		上・374 下・340
90	自由の構造	C.ベイ／横越英一訳	品切	744
91	1848年〈二月革命の精神史〉	J.カスー／野沢協,他訳		326
92	自然の統一	C.F.ヴァイツゼカー／斎藤,河井訳	品切	560
93	現代戯曲の理論	P.ションディ／市村,丸山訳	品切	250
94	百科全書の起源	F.ヴェントゥーリ／大津真作訳	品切	324
95	推測と反駁〈科学的知識の発展〉	K.R.ポパー／藤本,石垣,森訳		816
96	中世の共産主義	K.カウツキー／栗原佑訳	品切	400
97	批評の解剖	N.フライ／海老根,中村,出淵,山内訳		580
98	あるユダヤ人の肖像	A.メンミ／菊地,白井訳		396
99	分類の未開形態	E.デュルケーム／小関藤一郎訳		232
100	永遠に女性的なるもの	H.ド・リュバック／山崎庸一郎訳	品切	360
101	ギリシア神話の本質	G.S.カーク／吉田,辻村,松田訳		390
102	精神分析における象徴界	G.ロゾラート／佐々木孝次訳		508
103	物の体系〈記号の消費〉	J.ボードリヤール／宇波彰訳		280

				(頁)
104	言語芸術作品〔第2版〕	W.カイザー／柴田斎訳	品切	688
105	同時代人の肖像	F.ブライ／池内紀訳		212
106	レオナルド・ダ・ヴィンチ〔第2版〕	K.クラーク／丸山，大河内訳		344
107	宮廷社会	N.エリアス／波田，中埜，吉田訳		480
108	生産の鏡	J.ボードリヤール／宇波，今村訳		184
109	祭祀からロマンスへ	J.L.ウェストン／丸小哲雄訳		290
110	マルクスの欲求理論	A.ヘラー／良知，小箕訳	品切	198
111	大革命前夜のフランス	A.ソブール／山崎耕一訳	品切	422
112	知覚の現象学	メルロ=ポンティ／中島盛夫訳		904
113	旅路の果てに〈アルペイオスの流れ〉	R.カイヨワ／金井裕訳		222
114	孤独の迷宮〈メキシコの文化と歴史〉	O.パス／高山，熊谷訳		320
115	暴力と聖なるもの	R.ジラール／古田幸男訳		618
116	歴史をどう書くか	P.ヴェーヌ／大津真作訳		604
117	記号の経済学批判	J.ボードリヤール／今村，宇波，桜井訳		304
118	フランス紀行〈1787，1788&1789〉	A.ヤング／宮崎洋訳		432
119	供　犠	M.モース，H.ユベール／小関藤一郎訳		296
120	差異の目録〈歴史を変えるフーコー〉	P.ヴェーヌ／大津真作訳	品切	198
121	宗教とは何か	G.メンシング／田中，下宮訳		442
122	ドストエフスキー	R.ジラール／鈴木晶訳	品切	200
123	さまざまな場所〈死の影の都市をめぐる〉	J.アメリー／池内紀訳		210
124	生　成〈概念をこえる試み〉	M.セール／及川馥訳		272
125	アルバン・ベルク	Th.W.アドルノ／平野嘉彦訳		320
126	映画　あるいは想像上の人間	E.モラン／渡辺淳訳	品切	320
127	人間論〈時間・責任・価値〉	R.インガルデン／武井，赤松訳		294
128	カント〈その生涯と思想〉	A.グリガ／西牟田，浜田訳		464
129	同一性の寓話〈詩的神話学の研究〉	N.フライ／駒沢大学フライ研究会訳		496
130	空間の心理学	A.モル，E.ロメル／渡辺淳訳		326
131	飼いならされた人間と野性的人間	S.モスコヴィッシ／古田幸男訳		336
132	方　法　1．自然の自然	E.モラン／大津真作訳	品切	658
133	石器時代の経済学	M.サーリンズ／山内昶訳		464
134	世の初めから隠されていること	R.ジラール／小池健男訳		760
135	群衆の時代	S.モスコヴィッシ／古田幸男訳	品切	664
136	シミュラークルとシミュレーション	J.ボードリヤール／竹原あき子訳		234
137	恐怖の権力〈アブジェクシオン〉試論	J.クリステヴァ／枝川昌雄訳		420
138	ボードレールとフロイト	L.ベルサーニ／山縣直子訳		240
139	悪しき造物主	E.M.シオラン／金井裕訳		228
140	終末論と弁証法〈マルクスの社会・政治思想〉	S.アヴィネリ／中村恒矩訳	品切	392
141	経済人類学の現在	F.プイヨン編／山内昶訳		236
142	視覚の瞬間	K.クラーク／北條文緒訳		304
143	罪と罰の彼岸	J.アメリー／池内紀訳		210
144	時間・空間・物質	B.K.ライドレー／中島龍三訳	品切	226
145	離脱の試み〈日常生活への抵抗〉	S.コーエン，N.テイラー／石黒毅訳		321
146	人間怪物論〈人間脱走の哲学の素描〉	U.ホルストマン／加藤二郎訳		206
147	カントの批判哲学	G.ドゥルーズ／中島盛夫訳		160
148	自然と社会のエコロジー	S.モスコヴィッシ／久米，原訳		440
149	壮大への渇仰	L.クローネンバーガー／岸，倉田訳		368
150	奇蹟論・迷信論・自殺論	D.ヒューム／福鎌，斎藤訳		200
151	クルティウスージッド往復書簡	ディークマン編／円子千代訳		376
152	離脱の寓話	M.セール／及川馥訳		178

叢書・ウニベルシタス

				(頁)
153	エクスタシーの人類学	I.M.ルイス／平沼孝之訳		352
154	ヘンリー・ムア	J.ラッセル／福田真一訳		340
155	誘惑の戦略	J.ボードリヤール／宇波彰訳		260
156	ユダヤ神秘主義	G.ショーレム／山下,石丸,他訳		644
157	蜂の寓話〈私悪すなわち公益〉	B.マンデヴィル／泉谷治訳	品切	412
158	アーリア神話	L.ポリアコフ／アーリア主義研究会訳	品切	544
159	ロベスピエールの影	P.ガスカール／佐藤和生訳		440
160	元型の空間	E.ゾラ／丸小哲雄訳		336
161	神秘主義の探究〈方法論的考察〉	E.スタール／宮元啓一,他訳		362
162	放浪のユダヤ人〈ロート・エッセイ集〉	J.ロート／平田,吉田訳		344
163	ルフー，あるいは取壊し	J.アメリー／神崎巌訳		250
164	大世界劇場〈宮廷祝宴の時代〉	R.アレヴィン,K.ゼルツレ／円子修平訳	品切	200
165	情念の政治経済学	A.ハーシュマン／佐々木,旦訳		192
166	メモワール〈1940-44〉	レミ／築島謙三訳		520
167	ギリシア人は神話を信じたか	P.ヴェーヌ／大津真作訳	品切	340
168	ミメーシスの文学と人類学	R.ジラール／浅野敏夫訳	品切	410
169	カバラとその象徴的表現	G.ショーレム／岡部,小岸訳		340
170	身代りの山羊	R.ジラール／織田,富永訳	品切	384
171	人間〈その本性および世界における位置〉	A.ゲーレン／平野具男訳		608
172	コミュニケーション〈ヘルメスＩ〉	M.セール／豊田,青木訳		358
173	道　化〈つまずきの現象学〉	G.v.バルレーヴェン／片岡啓治訳	品切	260
174	いま,ここで〈アウシュヴィッツとヒロシマ以後の哲学的考察〉	G.ピヒト／斎藤,浅野,大野,河井訳		600
175 176 177	真理と方法〔全三冊〕	H.-G.ガダマー／轡田,麻生,三島,他訳		I・350 II・ III・
178	時間と他者	E.レヴィナス／原田佳彦訳		140
179	構成の詩学	B.ウスペンスキイ／川崎,大石訳	品切	282
180	サン=シモン主義の歴史	S.シャルレティ／沢崎,小杉訳		528
181	歴史と文芸批評	G.デルフォ,A.ロッシュ／川中子弘訳		472
182	ミケランジェロ	H.ヒバード／中山,小野訳	品切	578
183	観念と物質〈思考・経済・社会〉	M.ゴドリエ／山内昶訳		340
184	四つ裂きの刑	E.M.シオラン／金井裕訳		234
185	キッチュの心理学	A.モル／万沢正美訳		344
186	領野の漂流	J.ヴィヤール／山下俊一訳		226
187	イデオロギーと想像力	G.C.カバト／小箕俊介訳		300
188	国家の起源と伝承〈古代インド社会史論〉	R.=ターパル／山崎,成澤訳		322
189	ベルナール師匠の秘密	P.ガスカール／佐藤和生訳		374
190	神の存在論的証明	D.ヘンリッヒ／本間,須田,座小田,他訳		456
191	アンチ・エコノミクス	J.アタリ,M.ギヨーム／斎藤,安孫子訳		322
192	クローチェ政治哲学論集	B.クローチェ／上村忠男編訳		188
193	フィヒテの根源的洞察	D.ヘンリッヒ／座小田,小松訳		184
194	哲学の起源	オルテガ・イ・ガセット／佐々木孝訳	品切	224
195	ニュートン力学の形成	ベー・エム・ゲッセン／秋間実,他訳		312
196	遊びの遊び	J.デュビニョー／渡辺淳訳	品切	160
197	技術時代の魂の危機	A.ゲーレン／平野具男訳	品切	222
198	儀礼としての相互行為	E.ゴッフマン／浅野敏夫訳		376
199	他者の記号学〈アメリカ大陸の征服〉	T.トドロフ／及川,大谷,菊地訳		370
200	カント政治哲学の講義	H.アーレント著,R.ベイナー編／浜田監訳		302
201	人類学と文化記号論	M.サーリンズ／山内昶訳	品切	354
202	ロンドン散策	F.トリスタン／小杉,浜本訳		484

				(頁)
203	秩序と無秩序	J.-P.デュピュイ／古田幸男訳		324
204	象徴の理論	T.トドロフ／及川馥，他訳	品切	536
205	資本とその分身	M.ギヨーム／斉藤日出治訳		240
206	干　渉〈ヘルメスII〉	M.セール／豊田彰訳		276
207	自らに手をくだし〈自死について〉	J.アメリー／大河内了義訳	品切	222
208	フランス人とイギリス人	R.フェイバー／北條，大島訳		304
209	カーニバル〈その歴史的・文化的考察〉	J.カロ・バロッハ／佐々木孝訳	品切	622
210	フッサール現象学	A.F.アグィーレ／川島，工藤，林訳		232
211	文明の試練	J.M.カディヒィ／塚本，秋山，寺西，島訳		538
212	内なる光景	J.ポミエ／角山，池部訳		526
213	人間の原型と現代の文化	A.ゲーレン／池井望訳		422
214	ギリシアの光と神々	K.ケレーニイ／円子修平訳	品切	178
215	初めに愛があった〈精神分析と信仰〉	J.クリステヴァ／枝川昌雄訳		146
216	バロックとロココ	W.v.ニーベルシュッツ／竹内章訳		164
217	誰がモーセを殺したか	S.A.ハンデルマン／山形和美訳		514
218	メランコリーと社会	W.レペニース／岩田，小竹訳		380
219	意味の論理学	G.ドゥルーズ／岡田，宇波訳		460
220	新しい文化のために	P.ニザン／木内孝訳		352
221	現代心理論集	P.ブールジェ／平岡，伊藤訳		362
222	パラジット〈寄食者の論理〉	M.セール／及川，米山訳		466
223	虐殺された鳩〈暴力と国家〉	H.ラボリ／川中子弘訳		240
224	具象空間の認識論〈反・解釈学〉	F.ダゴニェ／金森修訳		300
225	正常と病理	G.カンギレム／滝沢武久訳		320
226	フランス革命論	J.G.フィヒテ／桝田啓三郎訳		396
227	クロード・レヴィ=ストロース	O.パス／鼓，木村訳		160
228	バロックの生活	P.ラーンシュタイン／波田節夫訳	品切	520
229	うわさ〈もっとも古いメディア〉増補版	J.-N.カプフェレ／古田幸男訳		394
230	後期資本制社会システム	C.オッフェ／寿福真美編訳	品切	358
231	ガリレオ研究	A.コイレ／菅谷曉訳		482
232	アメリカ	J.ボードリヤール／田中正人訳	品切	220
233	意識ある科学	E.モラン／村上光彦訳		400
234	分子革命〈欲望社会のミクロ分析〉	F.ガタリ／杉村昌昭訳		340
235	火，そして霧の中の信号—ゾラ	M.セール／寺田光徳訳		568
236	煉獄の誕生	J.ル・ゴッフ／渡辺，内田訳		698
237	サハラの夏	E.フロマンタン／川端康夫訳		336
238	パリの悪魔	P.ガスカール／佐藤和夫訳		256
239 240	自然の人間的歴史（上・下）	S.モスコヴィッシ／大津真作訳	品切	上・494 下・390
241	ドン・キホーテ頌	P.アザール／円子千代訳	品切	348
242	ユートピアへの勇気	G.ピヒト／河井徳治訳	品切	202
243	現代社会とストレス〔原書改訂版〕	H.セリエ／杉，田多井，藤井，竹宮訳		482
244	知識人の終焉	J.-F.リオタール／原田佳彦，他訳		140
245	オマージュの試み	E.M.シオラン／金井裕訳		154
246	科学の時代における理性	H.-G.ガダマー／本間，座小田訳		158
247	イタリア人の太古の知恵	G.ヴィーコ／上村忠男訳		190
248	ヨーロッパを考える	E.モラン／林　勝一訳		238
249	労働の現象学	J.-L.プチ／今村，松島訳		388
250	ポール・ニザン	Y.イシャグプール／川俣晃自訳		356
251	政治的判断力	R.ベイナー／浜田義文監訳	品切	310
252	知覚の本性〈初期論文集〉	メルロ=ポンティ／加賀野井秀一訳		158

叢書・ウニベルシタス

				(頁)
253	言語の牢獄	F.ジェームソン／川口喬一訳		292
254	失望と参画の現象学	A.O.ハーシュマン／佐々木,杉田訳		204
255	はかない幸福―ルソー	T.トドロフ／及川馥訳	品切	162
256	大学制度の社会史	H.W.プラール／山本尤訳		408
257 258	ドイツ文学の社会史（上・下）	J.ベルク,他／山本,三島,保坂,鈴木訳		上・766 下・648
259	アランとルソー〈教育哲学試論〉	A.カルネック／安斎,並木訳		304
260	都市・階級・権力	M.カステル／石川淳志監訳	品切	296
261	古代ギリシア人	M.I.フィンレー／山形和美訳	品切	296
262	象徴表現と解釈	T.トドロフ／小林,及川訳		244
263	声の回復〈回想の試み〉	L.マラン／梶野吉郎訳		246
264	反射概念の形成	G.カンギレム／金森修訳		304
265	芸術の手相	G.ピコン／末永照和訳		294
266	エチュード〈初期認識論集〉	G.バシュラール／及川馥訳		166
267	邪な人々の昔の道	R.ジラール／小池健男訳		270
268	〈誠実〉と〈ほんもの〉	L.トリリング／野島秀勝訳	品切	264
269	文の抗争	J.-F.リオタール／陸井四郎,他訳		410
270	フランス革命と芸術	J.スタロバンスキー／井上尭裕訳	品切	286
271	野生人とコンピューター	J.-M.ドムナック／古田幸男訳		228
272	人間と自然界	K.トマス／山内昶,他訳		618
273	資本論をどう読むか	J.ビデ／今村仁司,他訳		450
274	中世の旅	N.オーラー／藤代幸一訳		488
275	変化の言語〈治療コミュニケーションの原理〉	P.ワツラウィック／築島謙三訳		212
276	精神の売春としての政治	T.クンナス／木戸,佐々木訳		258
277	スウィフト政治・宗教論集	J.スウィフト／中野,海保訳		490
278	現実とその分身	C.ロセ／金井裕訳		168
279	中世の高利貸	J.ル・ゴッフ／渡辺香根夫訳		170
280	カルデロンの芸術	M.コメレル／岡部仁訳		270
281	他者の言語〈デリダの日本講演〉	J.デリダ／高橋允昭編訳		406
282	ショーペンハウアー	R.ザフランスキー／山本尤訳		646
283	フロイトと人間の魂	B.ベテルハイム／藤瀬恭子訳		174
284	熱　狂〈カントの歴史批判〉	J.-F.リオタール／中島盛夫訳		210
285	カール・カウツキー 1854-1938	G.P.スティーンソン／時永,河野訳		496
286	形而上学と神の思想	W.パネンベルク／座小田,諸岡訳	品切	186
287	ドイツ零年	E.モラン／古田幸男訳		364
288	物の地獄〈ルネ・ジラールと経済の論理〉	デュムシェル, デュピュイ／織田,富永訳		320
289	ヴィーコ自叙伝	G.ヴィーコ／福鎌忠恕訳	品切	448
290	写真論〈その社会的効用〉	P.ブルデュー／山縣熙,山縣直子訳		438
291	戦争と平和	S.ボク／大沢正道訳		224
292	意味と意味の発展	R.A.ウォルドロン／築島謙三訳		294
293	生態平和とアナーキー	U.リンゼ／内田,杉村訳		270
294	小説の精神	M.クンデラ／金井,浅野訳		208
295	フィヒテ-シェリング往復書簡	W.シュルツ解説／座小田,後藤訳		220
296	出来事と危機の社会学	E.モラン／浜名,福井訳		622
297	宮廷風恋愛の技術	A.カペルラヌス／野島秀勝訳	品切	334
298	野蛮〈科学主義の独裁と文化の危機〉	M.アンリ／山形,望月訳		292
299	宿命の戦略	J.ボードリヤール／竹原あき子訳		260
300	ヨーロッパの日記	G.R.ホッケ／石丸,柴田,信岡訳		1330
301	記号と夢想〈演劇と祝祭についての考察〉	A.シモン／岩瀬孝監修. 佐藤,伊藤,他訳		388
302	手と精神	J.ブラン／中村文郎訳		284

				(頁)
303	平等原理と社会主義	L.シュタイン／石川, 石塚, 柴田訳		676
304	死にゆく者の孤独	N.エリアス／中居実訳		150
305	知識人の黄昏	W.シヴェルブシュ／初見基訳		240
306	トマス・ペイン〈社会思想家の生涯〉	A.J.エイヤー／大熊昭信訳		378
307	われらのヨーロッパ	F.ヘール／杉浦健之訳		614
308	機械状無意識〈スキゾ-分析〉	F.ガタリ／高岡幸一訳		426
309	聖なる真理の破壊	H.ブルーム／山形和美訳		400
310	諸科学の機能と人間の意義	E.パーチ／上村忠男監訳		552
311	翻　訳〈ヘルメスIII〉	M.セール／豊田, 輪田訳		404
312	分　布〈ヘルメスIV〉	M.セール／豊田彰訳		440
313	外国人	J.クリステヴァ／池田和子訳		284
314	マルクス	M.アンリ／杉山, 水野訳	品切	612
315	過去からの警告	E.シャルガフ／山本, 内藤訳		308
316	面・表面・界面〈一般表層論〉	F.ダゴニェ／金森, 今野訳		338
317	アメリカのサムライ	F.G.ノートヘルファー／飛鳥井雅道訳		512
318	社会主義か野蛮か	C.カストリアディス／江口幹訳		490
319	遍　歴〈法, 形式, 出来事〉	J.-F.リオタール／小野康男訳		200
320	世界としての夢	D.ウスラー／谷　徹訳		566
321	スピノザと表現の問題	G.ドゥルーズ／工藤, 小柴, 小谷訳		460
322	裸体とはじらいの文化史	H.P.デュル／藤代, 三谷訳		572
323	五　感〈混合体の哲学〉	M.セール／米山親能訳		582
324	惑星軌道論	G.W.F.ヘーゲル／村上恭一訳		250
325	ナチズムと私の生活〈仙台からの告発〉	K.レーヴィット／秋間実訳		334
326	ベンヤミン-ショーレム往復書簡	G.ショーレム編／山本尤訳		440
327	イマヌエル・カント	O.ヘッフェ／薮木栄夫訳		374
328	北西航路〈ヘルメスV〉	M.セール／青木研二訳		260
329	聖杯と剣	R.アイスラー／野島秀勝訳		486
330	ユダヤ人国家	Th.ヘルツル／佐藤康彦訳		206
331	十七世紀イギリスの宗教と政治	C.ヒル／小野功生訳		586
332	方　法　2. 生命の生命	E.モラン／大津真作訳		838
333	ヴォルテール	A.J.エイヤー／中川, 吉岡訳		268
334	哲学の自食症候群	J.ブーヴレス／大平具彦訳		266
335	人間学批判	レペニース, ノルテ／小竹澄栄訳		214
336	自伝のかたち	W.C.スペンジマン／船倉正憲訳		384
337	ポストモダニズムの政治学	L.ハッチオン／川口喬一訳		332
338	アインシュタインと科学革命	L.S.フォイヤー／村上, 成定, 大谷訳		474
339	ニーチェ	G.ピヒト／青木隆嘉訳		562
340	科学史・科学哲学研究	G.カンギレム／金森修監訳		674
341	貨幣の暴力	アグリエッタ, オルレアン／井上, 斉藤訳		506
342	象徴としての円	M.ルルカー／竹内章訳	品切	186
343	ベルリンからエルサレムへ	G.ショーレム／岡部仁訳		226
344	批評の批評	T.トドロフ／及川, 小林訳		298
345	ソシュール講義録注解	F.de　ソシュール／前田英樹・訳注		204
346	歴史とデカダンス	P.ショーニュー／大谷尚文訳		552
347	続・いま, ここで	G.ピヒト／斎藤, 大野, 福島, 浅野訳		580
348	バフチン以後	D.ロッジ／伊藤誓訳		410
349	再生の女神セドナ	H.P.デュル／原研二訳		622
350	宗教と魔術の衰退	K.トマス／荒木正純訳		1412
351	神の思想と人間の自由	W.パネンベルク／座小田, 諸岡訳		186

				(頁)
352	倫理・政治的ディスクール	O.ヘッフェ／青木隆嘉訳		312
353	モーツァルト	N.エリアス／青木隆嘉訳		198
354	参加と距離化	N.エリアス／波田, 道籏訳		276
355	二十世紀からの脱出	E.モラン／秋枝茂夫訳		384
356	無限の二重化	W.メニングハウス／伊藤秀一訳	品切	350
357	フッサール現象学の直観理論	E.レヴィナス／佐藤, 桑野訳		506
358	始まりの現象	E.W.サイード／山形, 小林訳		684
359	サテュリコン	H.P.デュル／原研二訳		258
360	芸術と疎外	H.リード／増渕正史訳	品切	262
361	科学的理性批判	K.ヒュプナー／神野, 中才, 熊谷訳		476
362	科学と懐疑論	J.ワトキンス／中才敏郎訳		354
363	生きものの迷路	A.モール, E.ロメル／古田幸男訳		240
364	意味と力	G.バランディエ／小関藤一郎訳		406
365	十八世紀の文人科学者たち	W.レペニース／小川さくえ訳		182
366	結晶と煙のあいだ	H.アトラン／阪上脩訳		376
367	生への闘争〈闘争本能・性・意識〉	W.J.オング／高柳, 橋爪訳		326
368	レンブラントとイタリア・ルネサンス	K.クラーク／尾崎, 芳野訳		334
369	権力の批判	A.ホネット／河上倫逸監訳		476
370	失われた美学〈マルクスとアヴァンギャルド〉	M.A.ローズ／長田, 池田, 長野, 長田訳		332
371	ディオニュソス	M.ドゥティエンヌ／及川, 吉岡訳		164
372	メディアの理論	F.イングリス／伊藤, 磯山訳		380
373	生き残ること	B.ベテルハイム／高尾利数訳		646
374	バイオエシックス	F.ダゴニェ／金森, 松浦訳		316
375 376	エディプスの謎（上・下）	N.ビショッフ／藤代, 井本, 他訳		上・450 下・464
377	重大な疑問〈懐疑的省察録〉	E.シャルガフ／山形, 小野, 他訳		404
378	中世の食生活〈断食と宴〉	B.A.ヘニッシュ／藤原保明訳	品切	538
379	ポストモダン・シーン	A.クローカー, D.クック／大熊昭信訳		534
380	夢の時〈野生と文明の境界〉	H.P.デュル／岡部, 原, 須永, 荻野訳		674
381	理性よ，さらば	P.ファイヤアーベント／植木哲也訳		454
382	極限に面して	T.トドロフ／宇京頼三訳		376
383	自然の社会化	K.エーダー／寿福真美監訳		474
384	ある反時代的考察	K.レーヴィット／中村啓, 永沼更始郎訳		526
385	図書館炎上	W.シヴェルブシュ／福本義憲訳		274
386	騎士の時代	F.v.ラウマー／柳井尚子訳	品切	506
387	モンテスキュー〈その生涯と思想〉	J.スタロバンスキー／古賀英三郎, 高橋誠訳		312
388	理解の鋳型〈東西の思想経験〉	J.ニーダム／井上英明訳		510
389	風景画家レンブラント	E.ラルセン／大谷, 尾崎訳		208
390	精神分析の系譜	M.アンリ／山形頼洋, 他訳		546
391	金《かね》と魔術	H.C.ビンスヴァンガー／清水健次訳		218
392	自然誌の終焉	W.レペニース／山村直資訳		346
393	批判的解釈学	J.B.トンプソン／山本, 小川訳	品切	376
394	人間にはいくつの真理が必要か	R.ザフランスキー／山本, 藤井訳		232
395	現代芸術の出発	Y.イシャグプール／川俣晃自訳		170
396	青春　ジュール・ヴェルヌ論	M.セール／豊田彰訳		398
397	偉大な世紀のモラル	P.ベニシュー／朝倉, 羽賀訳		428
398	諸国民の時に	E.レヴィナス／合田正人訳		348
399 400	バベルの後に（上・下）	G.スタイナー／亀山健吉訳		上・482 下・
401	チュービンゲン哲学入門	E.ブロッホ／花田監修・菅谷, 今井, 三国訳		422

				(頁)
402	歴史のモラル	T.トドロフ／大谷尚文訳		386
403	不可解な秘密	E.シャルガフ／山本, 内藤訳		260
404	ルソーの世界 〈あるいは近代の誕生〉	J.-L.ルセルクル／小林浩訳	品切	378
405	死者の贈り物	D.サルナーヴ／菊地, 白井訳		186
406	神もなく韻律もなく	H.P.デュル／青木隆嘉訳		292
407	外部の消失	A.コドレスク／利沢行夫訳		276
408	狂気の社会史 〈狂人たちの物語〉	R.ポーター／目羅公和訳	品切	428
409	続・蜂の寓話	B.マンデヴィル／泉谷治訳		436
410	悪口を習う 〈近代初期の文化論集〉	S.グリーンブラット／磯山甚一訳		354
411	危険を冒して書く 〈異色作家たちのパリ・インタヴュー〉	J.ワイス／浅野敏夫訳		300
412	理論を讃えて	H.-G.ガダマー／本間, 須田訳		194
413	歴史の島々	M.サーリンズ／山本真鳥訳		306
414	ディルタイ 〈精神科学の哲学者〉	R.A.マックリール／大野, 田中, 他訳		578
415	われわれのあいだで	E.レヴィナス／合田, 谷口訳		368
416	ヨーロッパ人とアメリカ人	S.ミラー／池田栄一訳		358
417	シンボルとしての樹木	M.ルルカー／林 捷 訳		276
418	秘めごとの文化史	H.P.デュル／藤代, 津山訳		662
419	眼の中の死 〈古代ギリシアにおける他者の像〉	J.-P.ヴェルナン／及川, 吉岡訳		144
420	旅の思想史	E.リード／伊藤誓訳		490
421	病のうちなる治療薬	J.スタロバンスキー／小池, 川那部訳		356
422	祖国地球	E.モラン／菊地昌実訳		234
423	寓意と表象・再現	S.J.グリーンブラット編／船倉正憲訳		384
424	イギリスの大学	V.H.H.グリーン／安原, 成定訳		516
425	未来批判 あるいは世界史に対する嫌悪	E.シャルガフ／山本, 伊藤訳		276
426	見えるものと見えざるもの	メルロ=ポンティ／中島盛夫監訳		618
427	女性と戦争	J.B.エルシュテイン／小林, 廣川訳		486
428	カント入門講義	H.バウムガルトナー／有福孝岳監訳		204
429	ソクラテス裁判	I.F.ストーン／永田康昭訳		470
430	忘我の告白	M.ブーバー／田口義弘訳		348
431 432	時代おくれの人間 (上・下)	G.アンダース／青木隆嘉訳		上・432 下・546
433	現象学と形而上学	J.-L.マリオン他編／三上, 重永, 檜垣訳		388
434	祝福から暴力へ	M.ブロック／田辺, 秋津訳		426
435	精神分析と横断性	F.ガタリ／杉村, 毬藻訳		462
436	競争社会をこえて	A.コーン／山本, 真水訳		530
437	ダイアローグの思想	M.ホルクウィスト／伊藤誓訳	品切	370
438	社会学とは何か	N.エリアス／徳安彰訳		250
439	E.T.A.ホフマン	R.ザフランスキー／識名章喜訳		636
440	所有の歴史	J.アタリ／山内昶訳		580
441	男性同盟と母権制神話	N.ゾンバルト／田村和彦訳		516
442	ヘーゲル以後の歴史哲学	H.シュネーデルバッハ／古東哲明訳		282
443	同時代人ベンヤミン	H.マイヤー／岡部仁訳		140
444	アステカ帝国滅亡記	G.ボド, T.トドロフ編／大谷, 菊地訳		662
445	迷宮の岐路	C.カストリアディス／宇京頼三訳		404
446	意識と自然	K.K.チョウ／志水, 山本監訳		422
447	政治的正義	O.ヘッフェ／北尾, 平石, 望月訳		598
448	象徴と社会	K.バーク著, ガスフィールド編／森常治訳		580
449	神・死・時間	E.レヴィナス／合田正人訳		360
450	ローマの祭	G.デュメジル／大橋寿美子訳		446

No.	書名	著者／訳者		(頁)
451	エコロジーの新秩序	L.フェリ／加藤宏幸訳		274
452	想念が社会を創る	C.カストリアディス／江口幹訳		392
453	ウィトゲンシュタイン評伝	B.マクギネス／藤本, 今井, 宇都宮, 髙橋訳		612
454	読みの快楽	R.オールター／山形, 中田, 田中訳		346
455	理性・真理・歴史〈内在的実在論の展開〉	H.パトナム／野本和幸, 他訳		360
456	自然の諸時期	ビュフォン／菅谷暁訳		440
457	クロポトキン伝	ピルーモヴァ／左近毅訳		384
458	征服の修辞学	P.ヒューム／岩尾, 正木, 本橋訳		492
459	初期ギリシア科学	G.E.R.ロイド／山野, 山口訳		246
460	政治と精神分析	G.ドゥルーズ, F.ガタリ／杉村昌昭訳		124
461	自然契約	M.セール／及川, 米山訳		230
462	細分化された世界〈迷宮の岐路III〉	C.カストリアディス／宇京頼三訳		332
463	ユートピア的なもの	L.マラン／梶野吉郎訳		420
464	恋愛礼讃	M.ヴァレンシー／沓掛, 川端訳		496
465	転換期〈ドイツ人とドイツ〉	H.マイヤー／宇京早苗訳		466
466	テクストのぶどう畑で	I.イリイチ／岡部佳世訳		258
467	フロイトを読む	P.ゲイ／坂口, 大島訳		304
468	神々を作る機械	S.モスコヴィッシ／古田幸男訳		750
469	ロマン主義と表現主義	A.K.ウィードマン／大森淳史訳		378
470	宗教論	N.ルーマン／土方昭, 土方透訳		138
471	人格の成層論	E.ロータッカー／北村監訳・大久保, 他訳		278
472	神　罰	C.v.リンネ／小川さくえ訳		432
473	エデンの園の言語	M.オランデール／浜崎設夫訳		338
474	フランスの自伝〈自伝文学の主題と構造〉	P.ルジュンヌ／小倉孝誠訳		342
475	ハイデガーとヘブライの遺産	M.ザラデル／合田正人訳		390
476	真の存在	G.スタイナー／工藤政司訳		266
477	言語芸術・言語記号・言語の時間	R.ヤコブソン／浅川順子訳		388
478	エクリール	C.ルフォール／宇京頼三訳		420
479	シェイクスピアにおける交渉	S.J.グリーンブラット／酒井正志訳		334
480	世界・テキスト・批評家	E.W.サイード／山形和美訳		584
481	絵画を見るディドロ	J.スタロバンスキー／小西嘉幸訳		148
482	ギボン〈歴史を創る〉	R.ポーター／中野, 海保, 松原訳		272
483	欺瞞の書	E.M.シオラン／金井裕訳		252
484	マルティン・ハイデガー	H.エーベリング／青木隆嘉訳		252
485	カフカとカバラ	K.E.グレーツィンガー／清水健次訳		390
486	近代哲学の精神	H.ハイムゼート／座小田豊, 他訳		448
487	ベアトリーチェの身体	R.P.ハリスン／船倉正憲訳		304
488	技術〈クリティカル・セオリー〉	A.フィーンバーグ／藤本正文訳		510
489	認識論のメタクリティーク	Th.W.アドルノ／古賀, 細見訳		370
490	地獄の歴史	A.K.ターナー／野﨑嘉信訳		456
491	昔話と伝説〈物語文学の二つの基本形式〉	M.リューティ／高木昌史, 万里子訳	品切	362
493 494	地獄のマキアヴェッリ（I・II）	S.de.グラツィア／田中治男訳		I・352 II・306
492	スポーツと文明化〈興奮の探究〉	N.エリアス, E.ダニング／大平章訳		490
495	古代ローマの恋愛詩	P.ヴェーヌ／鎌田博夫訳		352
496	証人〈言葉と科学についての省察〉	E.シャルガフ／山本, 内藤訳		252
497	自由とはなにか	P.ショーニュ／西川, 小田桐訳		472
498	現代世界を読む	M.マフェゾリ／菊地昌実訳		186
499	時間を読む	M.ピカール／寺田光徳訳		266
500	大いなる体系	N.フライ／伊藤誓訳		478

				(頁)
501	音楽のはじめ	C.シュトゥンプ／結城錦一訳		208
502	反ニーチェ	L.フェリー他／遠藤文彦訳		348
503	マルクスの哲学	E.バリバール／杉山吉弘訳		222
504	サルトル，最後の哲学者	A.ルノー／水野浩二訳	品切	296
505	新不平等起源論	A.テスタール／山内昶訳		298
506	敗者の祈禱書	シオラン／金井裕訳		184
507	エリアス・カネッティ	Y.イシャグプール／川俣晃自訳		318
508	第三帝国下の科学	J.オルフ＝ナータン／宇京頼三訳		424
509	正も否も縦横に	H.アトラン／寺田光徳訳		644
510	ユダヤ人とドイツ	E.トラヴェルソ／宇京頼三訳		322
511	政治的風景	M.ヴァルンケ／福本義憲訳		202
512	聖句の彼方	E.レヴィナス／合田正人訳		350
513	古代憧憬と機械信仰	H.ブレーデカンプ／藤代，津山訳		230
514	旅のはじめに	D.トリリング／野島秀勝訳		602
515	ドゥルーズの哲学	M.ハート／田代，井上，浅野，暮沢訳		294
516	民族主義・植民地主義と文学	T.イーグルトン他／増渕，安藤，大友訳		198
517	個人について	P.ヴェーヌ他／大谷尚文訳		194
518	大衆の装飾	S.クラカウアー／船戸，野村訳		350
519 520	シベリアと流刑制度（I・II）	G.ケナン／左近毅訳		I・632 II・642
521	中国とキリスト教	J.ジェルネ／鎌田博夫訳		396
522	実存の発見	E.レヴィナス／佐藤真理人，他訳		480
523	哲学的認識のために	G.-G.グランジェ／植木哲也訳		342
524	ゲーテ時代の生活と日常	P.ラーンシュタイン／上西川原章訳		832
525	ノッツ nOts	M.C.テイラー／浅野敏夫訳		480
526	法の現象学	A.コジェーヴ／今村，堅田訳		768
527	始まりの喪失	B.シュトラウス／青木隆嘉訳		196
528	重　合	ベーネ，ドゥルーズ／江口修訳		170
529	イングランド18世紀の社会	R.ポーター／目羅公和訳		630
530	他者のような自己自身	P.リクール／久米博訳		558
531	鷲と蛇〈シンボルとしての動物〉	M.ルルカー／林捷訳		270
532	マルクス主義と人類学	M.ブロック／山内昶，山内彰訳		256
533	両性具有	M.セール／及川馥訳		218
534	ハイデガー〈ドイツの生んだ巨匠とその時代〉	R.ザフランスキー／山本尤訳		696
535	啓蒙思想の背任	J.-C.ギユボー／菊地，白井訳		218
536	解明　M.セールの世界	M.セール／梶野，竹中訳		334
537	語りは罠	L.マラン／鎌田博夫訳		176
538	歴史のエクリチュール	M.セルトー／佐藤和生訳		542
539	大学とは何か	J.ペリカン／田口孝夫訳		374
540	ローマ　定礎の書	M.セール／高尾謙史訳		472
541	啓示とは何か〈あらゆる啓示批判の試み〉	J.G.フィヒテ／北岡武司訳		252
542	力の場〈思想史と文化批判のあいだ〉	M.ジェイ／今井道夫，他訳		382
543	イメージの哲学	F.ダゴニェ／水野浩二訳		410
544	精神と記号	F.ガタリ／杉村昌昭訳		180
545	時間について	N.エリアス／井本，青木訳		238
546	ルクレティウスのテキストにおける物理学の誕生	M.セール／豊田彰訳		320
547	異端カタリ派の哲学	R.ネッリ／柴田和雄訳		290
548	ドイツ人論	N.エリアス／青木隆嘉訳		576
549	俳　優	J.デュヴィニョー／渡辺淳訳		346

叢書・ウニベルシタス

			(頁)
550	ハイデガーと実践哲学	O.ペゲラー他,編／竹市,下村監訳	584
551	彫　像	M.セール／米山親能訳	366
552	人間的なるものの庭	C.F.v.ヴァイツゼカー／山辺建訳	852
553	思考の図像学	A.フレッチャー／伊藤誓訳	472
554	反動のレトリック	A.O.ハーシュマン／岩崎稔訳	250
555	暴力と差異	A.J.マッケナ／夏目博明訳	354
556	ルイス・キャロル	J.ガッテニョ／鈴木晶訳	462
557	タオスのロレンゾー〈D.H.ロレンス回想〉	M.D.ルーハン／野島秀勝訳	490
558	エル・シッド〈中世スペインの英雄〉	R.フレッチャー／林邦夫訳	414
559	ロゴスとことば	S.プリケット／小野功生訳	486
560 561	盗まれた稲妻〈呪術の社会学〉(上・下)	D.L.オキーフ／谷林眞理子,他訳	上・490 下・656
562	リビドー経済	J.-F.リオタール／杉山,吉谷訳	458
563	ポスト・モダニティの社会学	S.ラッシュ／田中義久監訳	462
564	狂暴なる霊長類	J.A.リヴィングストン／大平章訳	310
565	世紀末社会主義	M.ジェイ／今村,大谷訳	334
566	両性平等論	F.P.de ラ・バール／佐藤和夫,他訳	330
567	暴虐と忘却	R.ボイヤーズ／田部井孝次・世志子訳	524
568	異端の思想	G.アンダース／青木隆嘉訳	518
569	秘密と公開	S.ボク／大沢正道訳	470
570 571	大航海時代の東南アジア (I・II)	A.リード／平野,田中訳	I・430 II・598
572	批判理論の系譜学	N.ボルツ／山本,大貫訳	332
573	メルヘンへの誘い	M.リューティ／高木昌史訳	200
574	性と暴力の文化史	H.P.デュル／藤代,津山訳	768
575	歴史の不測	E.レヴィナス／合田,谷口訳	316
576	理論の意味作用	T.イーグルトン／山形和美訳	196
577	小集団の時代〈大衆社会における個人主義の衰退〉	M.マフェゾリ／古田幸男訳	334
578 579	愛の文化史 (上・下)	S.カーン／青木,斎藤訳	上・334 下・384
580	文化の擁護〈1935年パリ国際作家大会〉	ジッド他／相磯,五十嵐,石黒,高橋編訳	752
581	生きられる哲学〈生活世界の現象学と批判理論の思考形式〉	F.フェルマン／堀栄造訳	282
582	十七世紀イギリスの急進主義と文学	C.ヒル／小野,圓月訳	444
583	このようなことが起こり始めたら…	R.ジラール／小池,住谷訳	226
584	記号学の基礎理論	J.ディーリー／大熊昭信訳	286
585	真理と美	S.チャンドラセカール／豊田彰訳	328
586	シオラン対談集	E.M.シオラン／金井裕訳	336
587	時間と社会理論	B.アダム／伊藤,磯山訳	338
588	懐疑的省察ABC〈続・重大な疑問〉	E.シャルガフ／山本,伊藤訳	244
589	第三の知恵	M.セール／及川馥訳	250
590 591	絵画における真理 (上・下)	J.デリダ／高橋,阿部訳	上・322 下・390
592	ウィトゲンシュタインと宗教	N.マルカム／黒崎宏訳	256
593	シオラン〈あるいは最後の人間〉	S.ジョドー／金井裕訳	212
594	フランスの悲劇	T.トドロフ／大谷尚文訳	304
595	人間の生の遺産	E.シャルガフ／清水健次,他訳	392
596	聖なる快楽〈性, 神話, 身体の政治〉	R.アイスラー／浅野敏夫訳	876
597	原子と爆弾とエスキモーキス	C.G.セグレー／野島秀勝訳	408
598	海からの花嫁〈ギリシア神話研究の手引き〉	J.シャーウッドスミス／吉田,佐藤訳	234
599	神に代わる人間	L.フェリー／菊地,白井訳	220
600	パンと競技場〈ギリシア・ローマ時代の政治と都市の社会学的歴史〉	P.ヴェーヌ／鎌田博夫訳	1032

			(頁)
601	ギリシア文学概説	J.ド・ロミイ／細井, 秋山訳	486
602	パロールの奪取	M.セルトー／佐藤和生訳	200
603	68年の思想	L.フェリー他／小野潮訳	348
604	ロマン主義のレトリック	P.ド・マン／山形, 岩坪訳	470
605	探偵小説あるいはモデルニテ	J.デュボア／鈴木智之訳	380
606 607 608	近代の正統性〔全三冊〕	H.ブルーメンベルク／斎藤, 忽那 佐藤, 村井訳	I・328 II・390 III・318
609	危険社会〈新しい近代への道〉	U.ベック／東, 伊藤訳	502
610	エコロジーの道	E.ゴールドスミス／大熊昭信訳	654
611	人間の領域〈迷宮の岐路II〉	C.カストリアディス／米山親能訳	626
612	戸外で朝食を	H.P.デュル／藤代幸一訳	190
613	世界なき人間	G.アンダース／青木隆嘉訳	366
614	唯物論シェイクスピア	F.ジェイムソン／川口喬一訳	402
615	核時代のヘーゲル哲学	H.クロンバッハ／植木哲也訳	380
616	詩におけるルネ・シャール	P.ヴェーヌ／西永良成訳	832
617	近世の形而上学	H.ハイムゼート／北岡武司訳	506
618	フロベールのエジプト	G.フロベール／斎藤昌三訳	344
619	シンボル・技術・言語	E.カッシーラー／篠木, 高野訳	352
620	十七世紀イギリスの民衆と思想	C.ヒル／小野, 圓月, 箭川訳	520
621	ドイツ政治哲学史	H.リュッベ／今井道夫訳	312
622	最終解決〈民族移動とヨーロッパのユダヤ人殺害〉	G.アリー／山本, 三島訳	470
623	中世の人間	J.ル・ゴフ他／鎌田博夫訳	478
624	食べられる言葉	L.マラン／梶野吉郎訳	284
625	ヘーゲル伝〈哲学の英雄時代〉	H.アルトハウス／山本尤訳	690
626	E.モラン自伝	E.モラン／菊地, 高砂訳	368
627	見えないものを見る	M.アンリ／青木研二訳	248
628	マーラー〈音楽観相学〉	Th.W.アドルノ／龍村あや子訳	286
629	共同生活	T.トドロフ／大谷尚文訳	236
630	エロイーズとアベラール	M.F.B.ブロッチェリ／白崎容子訳	304
631	意味を見失った時代〈迷宮の岐路IV〉	C.カストリアディス／江口幹訳	338
632	火と文明化	J.ハウツブロム／大平章訳	356
633	ダーウィン, マルクス, ヴァーグナー	J.バーザン／野島秀勝訳	526
634	地位と羞恥	S.ネッケル／岡原正幸訳	434
635	無垢の誘惑	P.ブリュックネール／小倉, 下澤訳	350
636	ラカンの思想	M.ボルク=ヤコブセン／池田清訳	500
637	羨望の炎〈シェイクスピアと欲望の劇場〉	R.ジラール／小林, 田口訳	698
638	暁のフクロウ〈続・精神の現象学〉	A.カトロッフェロ／寿福真美訳	354
639	アーレント＝マッカーシー往復書簡	C.ブライトマン編／佐藤佐智子訳	710
640	崇高とは何か	M.ドゥギー他／梅木達郎訳	416
641	世界という実験〈問い, 取り出しの諸カテゴリー, 実践〉	E.ブロッホ／小田智敏訳	400
642	悪　あるいは自由のドラマ	R.ザフランスキー／山本尤訳	322
643	世俗の聖典〈ロマンスの構造〉	N.フライ／中村, 真野訳	252
644	歴史と記憶	J.ル・ゴフ／立川孝一訳	400
645	自我の記号論	N.ワイリー／船倉正憲訳	468
646	ニュー・ミメーシス〈シェイクスピアと現実描写〉	A.D.ナトール／山形, 山下訳	430
647	歴史家の歩み〈アリエス 1943-1983〉	Ph.アリエス／成瀬, 伊藤訳	428
648	啓蒙の民主制理論〈カントとのつながりで〉	I.マウス／浜田, 牧野監訳	400
649	仮象小史〈古代からコンピューター時代まで〉	N.ボルツ／山本尤訳	200

			(頁)
650	知の全体史	C.V.ドーレン／石塚浩司訳	766
652 653	男たちの妄想 (I・II)	K.テーヴェライト／田村和彦訳	I・816 II
651	法の力	J.デリダ／堅田研一訳	220
654	十七世紀イギリスの文書と革命	C.ヒル／小野, 圓月, 箭川訳	592
655	パウル・ツェラーンの場所	H.ベッティガー／鈴木美紀訳	176
656	絵画を破壊する	L.マラン／尾形, 梶野訳	272
657	グーテンベルク銀河系の終焉	N.ボルツ／識名, 足立訳	330
658	批評の地勢図	J.ヒリス・ミラー／森田孟訳	550
659	政治的なものの変貌	M.マフェゾリ／古田幸男訳	290
660	神話の真理	K.ヒュプナー／神野, 中才, 他訳	736
661	廃墟のなかの大学	B.リーディングズ／青木, 斎藤訳	354
662	後期ギリシア科学	G.E.R.ロイド／山野, 山口, 金山訳	320
663	ベンヤミンの現在	N.ボルツ, W.レイイェン／岡部仁訳	180
664	異教入門〈中心なき周辺を求めて〉	J.-F.リオタール／山縣, 小野, 他訳	242
665	ル・ゴフ自伝〈歴史家の生活〉	J.ル・ゴフ／鎌田博夫訳	290
666	方　法　3. 認識の認識	E.モラン／大津真作訳	398
667	遊びとしての読書	M.ピカール／及川, 内藤訳	478
668	身体の哲学と現象学	M.アンリ／中敬夫訳	404
669	ホモ・エステティクス	L.フェリー／小野康男, 他訳	496
670	イスラームにおける女性とジェンダー	L.アハメド／林正雄, 他訳	422
671	ロマン派の手紙	K.H.ボーラー／高木葉子訳	382
672	精霊と芸術	M.マール／津山拓也訳	474
673	言葉への情熱	G.スタイナー／伊藤誓訳	612
674	贈与の謎	M.ゴドリエ／山内昶訳	362
675	諸個人の社会	N.エリアス／宇京早苗訳	308
676	労働社会の終焉	D.メーダ／若森章孝, 他訳	394
677	概念・時間・言説	A.コジェーヴ／三宅, 根田, 安川訳	448
678	史的唯物論の再構成	U.ハーバーマス／清水多吉訳	438
679	カオスとシミュレーション	N.ボルツ／山本尤訳	218
680	実質的現象学	M.アンリ／中, 野村, 吉永訳	268
681	生殖と世代継承	R.フォックス／平野秀秋訳	408
682	反抗する文学	M.エドマンドソン／浅野敏夫訳	406
683	哲学を讃えて	M.セール／米山親能, 他訳	312
684	人間・文化・社会	H.シャピロ編／塚本利明, 他訳	
685	遍歴時代〈精神の自伝〉	J.アメリー／富重純子訳	206
686	ノーを言う難しさ〈宗教哲学的エッセイ〉	K.ハインリッヒ／小林敏明訳	200
687	シンボルのメッセージ	M.ルルカー／林捷, 林田鶴子訳	590
688	神は狂信的か	J.ダニエル／菊地昌実訳	218
689	セルバンテス	J.カナヴァジオ／円子千代訳	502
690	マイスター・エックハルト	B.ヴェルテ／大津留直訳	320
691	マックス・プランクの生涯	J.L.ハイルブロン／村岡晋一訳	300
692	68年－86年　個人の道程	L.フェリー, A.ルノー／小野潮訳	168
693	イダルゴとサムライ	J.ヒル／平山篤子訳	704
694	〈教育〉の社会学理論	B.バーンスティン／久冨善之, 他訳	420
695	ベルリンの文化戦争	W.シヴェルブシュ／福本義憲訳	380
696	知識と権力〈クーン, ハイデガー, フーコー〉	J.ラウズ／成定, 網谷, 阿曽沼訳	410
697	読むことの倫理	J.ヒリス・ミラー／伊藤, 大島訳	230
698	ロンドン・スパイ	N.ウォード／渡辺孔二監訳	506
699	イタリア史〈1700－1860〉	S.ウールフ／鈴木邦夫訳	1000

			(頁)
700	マリア〈処女・母親・女主人〉	K.シュライナー／内藤道雄訳	678
701	マルセル・デュシャン〈絵画唯名論〉	T.ド・デューヴ／鎌田博夫訳	350
702	サハラ〈ジル・ドゥルーズの美学〉	M.ビュイダン／阿部宏慈訳	260
703	ギュスターヴ・フロベール	A.チボーデ／戸田吉信訳	470
704	報酬主義をこえて	A.コーン／田中英史訳	604
705	ファシズム時代のシオニズム	L.ブレンナー／芝健介訳	480
706	方　法　4. 観念	E.モラン／大津真作訳	446
707	われわれと他者	T.トドロフ／小野,江口訳	658
708	モラルと超モラル	A.ゲーレン／秋澤雅男訳	
709	肉食タブーの世界史	F.J.シムーンズ／山内昶監訳	682
710	三つの文化〈仏・英・独の比較文化学〉	W.レペニース／松家,吉村,森訳	548
711	他性と超越	E.レヴィナス／合田,松丸訳	200
712	詩と対話	H.-G.ガダマー／巻田悦郎訳	302
713	共産主義から資本主義へ	M.アンリ／野村直正訳	242
714	ミハイル・バフチン 対話の原理	T.トドロフ／大谷尚文訳	408
715	肖像と回想	P.ガスカール／佐藤和生訳	232
716	恥〈社会関係の精神分析〉	S.ティスロン／大谷,津島訳	286
717	庭園の牧神	P.バルロスキー／尾崎彰宏訳	270
718	パンドラの匣	D.&E.パノフスキー／尾崎彰宏,他訳	294
719	言説の諸ジャンル	T.トドロフ／小林文生訳	466
720	文学との離別	R.バウムガルト／清水健次・威能子訳	406
721	フレーゲの哲学	A.ケニー／野本和幸,他訳	308
722	ビバ リベルタ！〈オペラの中の政治〉	A.アーブラスター／田中,西崎訳	478
723	ユリシーズ グラモフォン	J.デリダ／合田,中 訳	210
724	ニーチェ〈その思考の伝記〉	R.ザフランスキー／山本尤訳	440
725	古代悪魔学〈サタンと闘争神話〉	N.フォーサイス／野呂有子監訳	844
726	力に満ちた言葉	N.フライ／山形和美訳	466
727	産業資本主義の法と政治	I.マウス／河上倫逸監訳	496
728	ヴァーグナーとインドの精神世界	C.スネソン／吉水千鶴子訳	270
729	民間伝承と創作文学	M.リューティ／高木昌史訳	430
730	マキアヴェッリ〈転換期の危機分析〉	R.ケーニヒ／小川,片岡訳	382
731	近代とは何か〈その隠されたアジェンダ〉	S.トゥールミン／藤村,新井訳	398
732	深い謎〈ヘーゲル,ニーチェとユダヤ人〉	Y.ヨベル／青木隆嘉訳	360
733	挑発する肉体	H.P.デュル／藤代,津山訳	702
734	フーコーと狂気	F.グロ／菊地昌実訳	164
735	生命の認識	G.カンギレム／杉山吉弘訳	330
736	転倒させる快楽〈バフチン,文化批評,映画〉	R.スタム／浅野敏夫訳	494
737	カール・シュミットとユダヤ人	R.グロス／山本尤訳	486
738	個人の時代	A.ルノー／水野浩二訳	438
739	導入としての現象学	H.F.フルダ／久保,高山訳	470
740	認識の分析	E.マッハ／廣松渉編訳	182
741	脱構築とプラグマティズム	C.ムフ編／青木隆嘉訳	186
742	人類学の挑戦	R.フォックス／南塚隆夫訳	698
743	宗教の社会学	B.ウィルソン／中野,栗原訳	270
744	非人間的なもの	J.-F.リオタール／篠原,上村,平芳訳	286
745	異端者シオラン	P.ボロン／金井裕訳	334
746	歴史と日常〈ポール・ヴェーヌ自伝〉	P.ヴェーヌ／鎌田博夫訳	268
747	天使の伝説	M.セール／及川馥訳	262
748	近代政治哲学入門	A.バルッツィ／池上,岩倉訳	348

			(頁)
749	王の肖像	L.マラン／渡辺香根夫訳	454
750	ヘルマン・ブロッホの生涯	P.M.リュツェラー／入野田真右訳	572
751	ラブレーの宗教	L.フェーヴル／高橋薫訳	942
752	有限責任会社	J.デリダ／高橋, 増田, 宮崎訳	352
753	ハイデッガーとデリダ	H.ラパポート／港道隆, 他訳	388
754	未完の菜園	T.トドロフ／内藤雅文訳	414
755	小説の黄金時代	G.スカルペッタ／本多文彦訳	392
756	トリックスターの系譜	L.ハイド／伊藤誓, 他訳	652
757	ヨーロッパの形成	R.バルトレット／伊藤, 磯山訳	720
758	幾何学の起源	M.セール／豊田彰訳	444
759	犠牲と羨望	J.-P.デュピュイ／米山, 泉谷訳	518
760	歴史と精神分析	M.セルトー／内藤雅文訳	252
761 762 763	コペルニクス的宇宙の生成〔全三冊〕	H.ブルーメンベルク／後藤, 小熊, 座小田訳	I・412 II・ III・
764	自然・人間・科学	E.シャルガフ／山本, 伊藤訳	230
765	歴史の天使	S.モーゼス／合田正人訳	306
766	近代の観察	N.ルーマン／馬場靖雄訳	234
767 768	社会の法（1・2）	N.ルーマン／馬場, 上村, 江口訳	1・430 2・446
769	場所を消費する	J.アーリ／吉原直樹, 大澤善信監訳	450
770	承認をめぐる闘争	A.ホネット／山本, 直江訳	302
771 772	哲学の余白（上・下）	J.デリダ／高橋, 藤本訳	上・ 下・
773	空虚の時代	G.リポヴェツキー／大谷, 佐藤訳	288
774	人間はどこまでグローバル化に耐えられるか	R.ザフランスキー／山本尤訳	134
775	人間の美的教育について	F.v.シラー／小栗孝則訳	196
776	政治的検閲〈19世紀ヨーロッパにおける〉	R.J.ゴールドスティーン／城戸, 村山訳	356
777	シェイクスピアとカーニヴァル	R.ノウルズ／岩崎, 加藤, 小西訳	382
778	文化の場所	H.K.バーバ／本橋哲也, 他訳	490
779	貨幣の哲学	E.レヴィナス／合田, 三浦訳	230
780	バンジャマン・コンスタン〈民主主義への情熱〉	T.トドロフ／小野潮訳	244
781	シェイクスピアとエデンの喪失	C.ベルシー／高桑陽子訳	310
782	十八世紀の恐怖	ベールシュトルド, ポレ編／飯野, 田所, 中島訳	456
783	ハイデガーと解釈学的哲学	O.ペゲラー／伊藤徹監訳	418
784	神話とメタファー	N.フライ／高柳俊一訳	578
785	合理性とシニシズム	J.ブーヴレス／岡部, 本郷訳	284
786	生の嘆き〈ショーペンハウアー倫理学入門〉	M.ハウスケラー／峠尚武訳	182
787	フィレンツェのサッカー	H.ブレーデカンプ／原研二訳	222
788	方法としての自己破壊	A.O.ハーシュマン／田中秀夫訳	358
789	ペルー旅行記〈1833-1834〉	F.トリスタン／小杉隆芳訳	482
790	ポール・ド・マン	C.ノリス／時実早苗訳	370
791	シラーの生涯〈その生活と日常と創作〉	P.ラーンシュタイン／上西川原章訳	730
792	古典期アテナイ民衆の宗教	J.D.マイケルソン／箕浦恵了訳	266
793	正義の他者〈実践哲学論集〉	A.ホネット／日暮雅夫, 加藤泰史, 他訳	460
794	虚構と想像力	W.イーザー／日中, 木下, 越谷, 市川訳	
795	世界の尺度〈中世における空間の表象〉	P.ズムトール／鎌田博夫訳	536
796	作用と反作用〈ある概念の生涯と冒険〉	J.スタロバンスキー／井田尚訳	460
797	巡礼の文化史	N.オーラー／井本, 藤代訳	332
798	政治・哲学・恐怖	D.R.ヴィラ／伊藤, 磯山訳	422
799	アレントとハイデガー	D.R.ヴィラ／青木隆嘉訳	558
800	社会の芸術	N.ルーマン／馬場靖雄訳	760